# コールドケース

吉村達也



集英社文庫

この作品は、集英社文庫のために書き下ろされました。

目次

# コールドケース

# 第一章　透視捜査官・千石健志郎

## 1

「え？　何か見えた？　出てきた？　出てきたのか！　どこどこ、どこなんだ！」

『真実のレンズ』という番組名を背中に刺繍《ししゅう》したスタジアムジャンパーを着たディレクターが、手にしたトランシーバーに向かって大声で呼びかけた。その顔が画面にアップに捉えられる。叫び声を発する口元からは白い息が吐き出され、周囲の気温の低さを表わしていた。

「沼の北の端？　北ってどっちだよ。沼に向かって大きな木が張り出している場所？　ああ、あそこか」

ディレクターの言葉で、彼のアップを捉えていたカメラが一気にズームアウトして、周囲の風景を視聴者に見せた。

いまにも雨が降り出しそうな寒々しい初冬の空の下、枝の葉をすっかり落として裸になった広葉樹の林に囲まれた小さな沼——それが「現場」だった。

ふだんは淀んだ水をたたえている沼も、いまはほとんど水がなかった。画面の手前にあたる岸辺から太いパイプが沼の中に入れられているのが見えたが、そのパイプを通して、沼の水を三日三晩かけて人為的に排出したのだ。ここは私有地で、土地の持ち主の許可を得て行なった排水作業だった。もちろん、局はそれ相応の謝礼金を支払っている。

ディレクターとカメラマンが立っているのは沼の南側、朽ち果てて崩れそうになっている作業小屋のすぐそばだった。その対角線上にある北側の向こう岸に、一本だけ目立って大きな木が立っており、太い枝を大きく沼の上にまで張り出していた。

ディレクターと同じデザインのジャンパーを羽織った若いアシスタント《A》・ディレクター《D》が、まったく道のついていない沼の北側へ、草むらをかき分けながら近づいていく姿が画面に捉えられた。やがて彼は、カメラマンとディレクターのほうに向かって沼地の一点を指差しながら、トランシーバー越しに大きな声で呼びかけた。

「人の形に泥が盛り上がっています。人間かもしれません！」

ＡＤが指差す地点に向けて、こんどはカメラが一気にズームインした。

たたえていた水を吐き出し、ねっとりとした泥の穴と化した沼の底地に、あきらかに人の形に盛り上がったどす黒いかたまりがあった。

「水ありませんか、水は～」

ＡＤの呼びかける声が、ディレクターの持つトランシーバーから飛び出してきた。

「水をかけて泥を流しましょう」

「皮肉なもんだな。水抜きをし終えたばかりだっていうのに、こんどは水が必要か」

カメラのすぐそばに立つディレクターの声が、マイクに入った。

「おーい！」

ディレクターはトランシーバーを持っていることも忘れて、沼の向こう岸にいるＡＤに大声で叫んだ。

「おまえの周りに、適当な枯れ枝が落ちてないか」

「ありますけど……」

「それを拾って、ちょっとつついてみろ」

「え？」

ためらうＡＤに、ディレクターは怒鳴った。

「怖がるな。とりあえず、たんなる泥のかたまりか、そうじゃないかを確かめるだけでいいんだから」

「わ……わかりました」

怯《おび》えた声で返事をすると、ＡＤはそばの草むらに落ちていた枯れ枝を拾い上げた。そして、へっぴり腰で沼の縁のところまで近づいた。

そのとき、カメラのレンズに雨粒が降りかかってきた。

最初はポツポツと雨粒を散らしていただけだったのが、三十秒も経たないうちに、まるで夏の夕立のように一気に勢いを増した。ＡＤはあわてて大木の陰に飛び込んだが、葉をすべて落とした広葉樹は雨よけの用をなさず、ＡＤは頭上に両手を載せて、少しでも冷たい雨に濡れるのを防ごうとしていた。

カメラマンは、ビデオカメラにレインカバーを付けるよりも、朽ち果てた作業小屋の軒下に駆け込んだほうが早いと判断し、対岸にレンズを向けたまま急いで移動した。そして雨の降りかからない軒下に陣取ると、改めて沼の底に現れた人型の盛り上がりにピントを合わせ直した。

「天の恵みかな」

カメラマンの隣に雨宿りしたディレクターが、ビデオカメラのモニター画面を横から覗《のぞ》き込んでつぶやいた。

人の形に盛り上がった泥を雨粒が点々と弾き飛ばしていくと、なにか白いものが現れた。さらに雨の勢いが増すと、雨水は盛り上がった泥を一気に洗い流していった。

「出たぞ！」

ディレクターが叫ぶと、いったん大木のそばに下がっていたＡＤも、土砂降りの中をふたたび沼の縁のところまで駆け寄った。そして注目の物体を間近に覗き込むと、髪の毛から雨水を滴《したた》らせながら叫んだ。

「やっぱりそうです、死体です！　白骨化しています！」

汚れでくすんだ白い半袖ブラウスに、ライトブルーのスカートという夏の装いをした、うつぶせの小柄な遺体が、沼の底に沈殿した泥の中から現れた。

衣服から覗く手足と頭部は白骨化していたが、頭蓋骨にはまだ長めの毛髪が生々しくこびりついていた。ブラウスの胴体部分には、幾重にも巻きつけられたロープが絡まっており、一方の先端には、遺体の浮上を防ぐ重りの役割を果たしていたとみられる大きな岩が結びつけられていた。

四カ月前、夏休みのさなかに行方がわからなくなっていた小学三年生の少女の、無惨な姿だった――

2

「これは二週間前の出来事ですが、いまでも昨日のことのように思い出せます。とにかく私たちはショックで金縛りにあったようになりました。二重の意味で、です」

スタジオには、発見の場に立ち会った竹山《たけやま》章吾《しょうご》という三十代後半の番組ディレクターが、司会者であるベテラン俳優の白瀬浩二《しらせこうじ》に、そのときの興奮を語っていた。

「驚きのひとつは、秋奈《あきな》ちゃんに間違いないと思われる遺体が沼の底から現れたことですが、それよりもっと大きな驚きは、その場所が前回の放送で『秋奈ちゃんはここに眠っている』と千石《せんごく》先生が透視されたとおりのポイントだったからです」

未解決《コールドケース》事件捜査番組と銘打った『真実のレンズ』は、およそ二カ月に一度、不定期に放送される二時間の特番で、一回の放送につき二、三件の未解決事件を取り上げ、番組独自の調査をかけて真実を探り出そうという趣旨のものだった。番組そのものは生放送だったが、中で紹介されるコールドケースの再調査プロセスは、事前に録画収録したものである。

この番組がはじまったのはいまから一年半前で、これまでに九回の放送があり、二十四件のコールドケースが取り上げられて、そのうち六件が番組の力で解決に至っていた。

六件のうち四件は、捜索願が出されていた失踪中の人物の所在が判明したもので、残り二件のうち一件は逃亡中の殺人犯の居場所を突き止めたもの、もう一件は殺人事件の最有力容疑者の自殺遺体発見だった。

放送で取り上げた二十四のコールドケースのうち、四分の一にあたる六件が解決という割合だけでも相当な確率だったが、見事解決に至ったケースはその後何度もダイジェスト版や後日談を繰り返すので、視聴者は『真実のレンズ』は放送のたびに未解決事件の真相を探り当てているような錯覚に陥るのだった。五十代のベテラン女性プロデューサー久住《くずみ》知恵《ちえ》が仕掛けた巧みな心理トリックだった。

しかし、そうした演出がなかったとしても、殺人犯の潜伏先を突き止めて警察に通報、逮捕に至った出来事と、殺人事件の容疑者の自殺遺体を発見した出来事は、「警察よりもすごい捜査能力」というイメージを番組に与え、とりわけ六つの解決ケースのうち三つまでが、透視能力を持つという千石健志郎《せんごくけんしろう》なる人物の、俗に言う「千里眼」が大きな役割を果たしていたために、彼の存在はあっというまに人々の話題に上り、いまやカリスマ透視捜査官として大いなる注目を集めていた。

そして年の瀬も押し迫った十二月二十日のオンエアとなった十回目では、ともすれば懐疑的な目で見られがちだった千石健志郎の透視能力の正しさを決定づける出来事が紹介された。

十月中旬に放送された第九回で、八月二日から行方がわからなくなっている小学三年生の少女のことが取り上げられた。そして少女の両親が出演。その自宅を訪れた千石健志郎が、失踪少女の部屋や所有物に残っている彼女の念を感知するサイコメトリーと、遠隔《リモート》透視《ビューイング》を組み合わせて、秋奈という名の小学生が現在いる場所を地図上で具体的に指摘した。

それが東京都西部の青梅《おうめ》市郊外にある沼地だった。さらに千石は「沼の北側にある大きな木のそばに秋奈ちゃんは眠っている」と具体的なポイントを示していた。すなわちそれは彼女の死を意味していた。
　そして二カ月後の十二月初旬、現地調査で千石が指摘したとおりの場所から少女の遺体が発見され、その衝撃的な結果をもって、テレビ局では十回目の放送を前に大々的な前宣伝を打っていた。

　その注目の放送で、泥に埋もれていた白骨死体が、急に降り出した雨に洗われて泥の中から出現する衝撃の映像が流されたが、「原則として遺体は映さない」というテレビ放送の倫理規定にのっとり、編集のさいにモザイク処理がなされていた。それでもディレクターやＡＤがあわてふためくさまは緊迫感あふれるもので、ゲストタレントや一般視聴者を招いたスタジオには、衝撃の余韻がまだ消えずに残っていた。
　発見当時の模様をふり返るディレクターの竹山と司会者の白瀬との背後には、沼の全景写真が大写しになっていたが、それはすでに遺体が運び出されたあとのものだった。

3

「私たちスタッフは……」

ディレクターの竹山がつづけた。

「過去に二度、透視の力を発揮された千石先生を深く信頼申し上げていましたが、まさかこれほどとは――と言っては先生に失礼にあたるかもしれませんが――正直なところ、ほんとうにこれほど透視の力が凄《すご》いものと見せつけられるとは思ってもいませんでした」

「そうですか……。で、ちょっとここでですね」

司会の白瀬がカメラのほうに顔を向け、テレビの前の視聴者の同意を求めるような表情で言った。

「テレビの前のみなさんが、もしかすると疑問に思われているかもしれない点を、代表して私のほうから質問という形で竹山ディレクターに確認させていただきたいのですが、千石さんは前回の放送で、秋奈ちゃんの子ども部屋からサイコメトリーとリモートビューイングによって、秋奈ちゃんの居場所を透視なさいました。その結果を、番組スタッフは警察に届けられたんですか」

「いいえ、届けませんでした」

「それはなぜですか」

「ことし六月の苦い教訓があったからです」

「千石さんが、千葉で起きた凶悪殺人事件の容疑者が自殺したのを透視なさった件ですね」

「そうです」

「すでにそのいきさつは当番組で放送しましたが、ごらんになっていない方のために、竹山さん、ざっとなぞっていただけますか」

「はい。千石先生は、容疑者は名古屋市内のどこかにあるアパートの一室を偽名で借り、その部屋ですでに自殺をしていると透視されました。死者の念にまだ生者のぬくもりが残っていることから、死んでからまだ間もないはずだ、とも」

語る竹山の背後で、スライド写真がその事件に関連した映像に変わった。

「先生の透視された情報に基づいて、我々スタッフは翌日からその風景に合致するアパートを捜し求め、翌々日、名古屋市内に千石先生が描き出されたとおりのアパートが実在することを突き止めました。そして該当する部屋のベルを鳴らしたのですが、応答はありません。そこで管理会社を訪ねたところ、ひと月ほど前に女性の居住者が出ていったあとは、借り手がいないまま空室だということでした」

「指名手配中の犯人らしき人物が借りに訪れた事実もない、と言われたんでしたね」

「そうです。そこで管理会社立ち会いのもとで部屋を開けてほしいと頼んだのですが」

「断られたんですね」

「ええ。テレビでそんなふうに取り上げられたら借り手がいなくなるし、いま住んでいる人も出ていってしまうじゃないですか、と」

「たしかに、それは妥当な言い分ですね」

「はい。ですからテレビ局の立場では管理会社に対して、それ以上の要求はできませんでした。そこで私は、東京に残っているプロデューサーの久住と電話で相談し、けっきょくその夜、思い切って千石先生の透視内容を警察に通報することにしたのです」

「そう判断された理由は？」

「明らかに自分の家族三人と隣人ひとりを殺害したと思われる男が、一年にもわたって逃走中という事実があるからです。その男が死んでいたら、指名手配は解除されるわけですし、ひょっとしたらつぎの犠牲者になるのではと怯えていた人たちも安心できる。だから、通報は急を要すると思いました」

「で、そのときの警察の反応は？」

「鼻で笑われた、という感じでしたね」

竹山ディレクターは不快感を隠さぬ表情で答えた。

「最寄りの交番ではなく、所轄の警察署に行き、刑事課の刑事さんと話をしたんですが、どうして犯人がそこで自殺をしたとわかるのかときかれたので、千石先生の透視によるものです、と答えますと、『透視ぃ？』と急にいかがわしいものでも見るような目つきで見られました。いちおう刑事も管理会社に連絡をとるところまではやってくれたんですが、私たちにしたのと同じ回答を聞くと、もうそこで話はおしまいですよ。それ以上は相手にされずに帰されました」

「ところがところが……という展開になったんですよね」

「そうなんです。我々が届け出てから二日後に、異臭がするという周辺の部屋からの連絡で、警察官が立ち会いのもと部屋を開けたところ、ひとりの男が部屋の片隅で自ら手首を切って死んでいるのが見つかりました」

「それが、まさに指名手配中の容疑者だったと」

「そうです。そして司法解剖の結果、男が死亡したのは、千石先生が透視した当日前後であることが判明しました」

ディレクターの背後には、スライドでアパートの写真が入れ替わり何枚も映し出された。

「しかし、私たちは千石先生の透視が的中したと、単純に喜んでいられる状況でもありませんでした。そのあとが大変だったのです。私たちスタッフや、千石先生自身の関与が疑われてしまったからです」

「つまり、リモートビューイングなどは科学的にありえないから、具体的に自殺がわかったということは、その場にいたのではないか、と」

「そうです。警察は私やほかのスタッフや、さらには千石先生のアリバイを確認し、指紋まで採取しました。千石先生ご自身は、ずっと東京から離れていないことが証明されましたので、あらぬ疑いは晴れたのですが、私とカメラマンを含むスタッフ四名は、名古屋市内をあちこち走り回った末に、アパートの前まできていたわけです。しかも私の指紋は、アパートのブザーやドアノブに残っていました」

「室内には?」

「室内からは、私の指紋もほかのスタッフの指紋も、もちろん千石先生の指紋も出てきませんでした。そして男が明確な自殺であり、他殺の可能性はまったく疑われなかったことで、ようやく解放されたんです」

「そうなってもなお、警察は千石さんの透視能力には否定的でありつづけたんですね」

「まぐれあたりだ、と言われました」

竹山は苦笑した。

4

「その経験から、今回は警察に連絡しても無駄だ、と思いました」

竹山ディレクターの話がつづいた。

「そもそも秋奈ちゃんの自宅は長野県の諏訪《すわ》市です。東京の青梅には親戚も知り合いもいない。ご両親にきいても、まったく青梅という場所に接点がないわけです」

「でも、千石さんは青梅市郊外の沼を指したんですね」

「はい。前回の容疑者自殺のときは地図で示されたのではなく、透視したアパートとその周辺のビジュアルイメージから私たちスタッフが絞り込んでいったのですが、今回は明確に地図で指差されました。それも詳細な拡大地図で、です。けれどもそこは私有地であり、捜索令状でもないかぎり、勝手に立ち入ることもできません。それで我々スタッフは、こんどは時間をかけました。……というよりは、時間がかかってしまったのです。所有者の方が沼の近くには住んでおられず、遠く離れた北海道にいらしたことが判明するまでに、かなりの時間を要したからです。さらにご本人が九十一歳と大変にご高齢なこともあって、事態を呑み込んでいただくまでに相当な時間がかかったのです」

「特別養護老人ホームに入っていらしたんですね」

「はい。お耳も遠いし、お年寄り特有の症状もみられるうえに、ご自身とはまったく縁のない少女の遺体があるかもしれないという話ですから。しかも、透視という一般常識にはない話が加わってきたので……」

「無理もありませんね」

「若い人だって理解は難しいのに、これはもう大変でした。たったひとりの身寄りである娘さんとも音信不通だというので、最終的には弁護士に立ち会ってもらって承諾書をとりまして、それで十一月の中旬から現地調査に入ったのです」

「その調査には千石さんも」

「いらっしゃいました。第一回の調査では沼にゴムボートを浮かべ、千石先生に沼全体をくまなく透視していただき、同時に我々もダイバーを雇い、さらに魚群探知機などの機械の力も併用して調べたのですが、探知機には何も引っかからず、ダイバーはあまりの視界の悪さにお手上げとなり、先生も、現地にきてみたらリモートビューイングやサイコメトリーで得たときのエネルギーを感じられなくなったとおっしゃいまして、具体的な成果はなく引き上げたのです。

しかし、その後秋奈ちゃんの部屋で千石先生が再度透視をなさったところ、秋奈ちゃんから『早く私を引き上げて』と切々と訴える声が聞こえたということで、もう一度調査を行なうことになったのです。ただし同じ方法では、また同じ結果しか得られないので、沼の水を排水するという思い切った手段をとりました。私有地だからこそできた措置ですが、その結果が、いまお伝えしたような状況だったわけです」

「なるほど。では、今回の結末に関して透視をなさった千石さんにじかに話をお伺《うかが》いしたいと思います」

司会の白瀬が、そこでメインのカメラに向かって呼びかけた。

「いま都内のご自宅におられる千石さんと回線がつながっております。千石さん」

「はい、千石です」

テレビの映像は、都内大田区にある自宅の居間で待機していた「透視捜査官」千石健志郎の姿を映し出した。

自らの筆で墨痕鮮やかにしたためた「心眼」という書が掛けられた床の間を背に、自称「透視捜査官」は座っていた。

公には年齢を明らかにしていない千石は、馬面《うまづら》と表現するのがぴったりの長い顔に濃い眉毛、ぎょろりとした大きな目、分厚い唇の持ち主で、白髪がだいぶ混じった長髪を後ろで一本に束ねていた。自分をカリスマ透視捜査官に育て上げてくれたテレビ番組『真実のレンズ』に出るときは、必ず千石は、僧侶の修行着である正絹《しょうけん》の黒作務衣《くろさむえ》をまとった姿で登場した。いまは座っているが、立つと百八十八センチの長身が、透視捜査官にさらなるカリスマのオーラを与える。

「千石さん」

司会の白瀬が呼びかけた。

「私は大変なショックを受けております。いえ、私だけでなく、テレビをごらんの全国のみなさんが同じ気持ちだと思います。悲劇的な事件の結末もさることながら、千石さんの透視能力に対するショックという意味なんですが」

「ええ、そのお気持ちはわかります」

カメラをまっすぐ見据え――それがテレビを見ている国民ひとりひとりを見つめる視線となっていることを意識しながら――千石は重々しく口を開いた。

「みなさんが驚かれるのは無理もありません。しかし私としては、少しも自分の能力を誇る気にはなりません。私の透視が間違っていて、秋奈ちゃんが無事に生きて戻ってこられたほうが、どれだけうれしいかわかりません」

5

沈痛な表情で語る透視捜査官の顔を、テレビを通し、一般の視聴者とは違う意味で食い入るように見つめるふたりの人物がいた。

ひとりはノンフィクションライターの長谷川美枝子《はせがわみえこ》だった。

「こいつ、つぎの本のネタになるかもね」

タバコをくゆらしながら、美枝子はつぶやいた。

「透視捜査官のインチキをあばく、っていうドキュメントかな」

もうひとりは、三年前に定年退職した元警視庁捜査一課の刑事・春日敏雄《かすがとしお》だった。

長髪を後ろで束ねた透視捜査官を名乗る男こそ、いまから三十年前に起きた女性焼死事件を引き起こした容疑者として、春日が何度も何度も事情聴取をした大学生だったからだ。

だが、けっきょく逮捕に踏み切れるまでの容疑が固まらず、その出来事は春日が見立てたような殺人事件としてではなく、不注意による失火が招いた焼死として片づけられた。すなわち、未解決事件とすら呼べない、たんなる火災事故で終わってしまったのだ。

　だが、退職した元刑事の春日の記憶には、いつまでもそれがコールドケースとして引っかかっていた。なぜなら、当時はまだ二十一歳の学生であった千石健志郎という男の、計算し尽くされた小ずるさというものを、彼との事情聴取でイヤというほど実感していたからであった。そして、あの火災で焼け死んだ二十一歳の女子学生は、千石健志郎という同級生に殺された被害者として、春日の脳裏に記録されていたからだった。

（世の中に悪人は大勢いるが……）

　テレビに映る相手を見つめながら、春日は心の中でつぶやいていた。

（こいつは心底タチの悪い悪人だ。この男は『ずるさ』という名の賢さを、生まれながらにして持っている。単純な悪人の百倍も千倍も悪質で危険な人物だ）

　いつしか春日は、自分の刑事魂が三年ぶりに復活してきたのを感じていた。

（その悪人が透視捜査官だと？　ふざけるな）

　そして春日は、声に出して言った。

「おれがおまえのインチキをあばいてやる。こんどこそ……」

# 第二章　語られた過去

## 1

「さて、新年初めての出版企画会議だが、きょうはごらんのように特別ゲストをお招きしている」

一月十二日、午前十一時――

新宿副都心の高層ビル二十一階にある新宿堂出版の会議室には、書籍編集部長の小此木《おこのぎ》武《たけし》をはじめとする十五人の書籍編集部員が集まっていた。

それに加えて、小此木の左右に男性と女性が一名ずつ座っていた。それが小此木の言う「特別ゲスト」だった。右側に座る男は、小此木よりずっと年齢が下とみられ、ジャケットにジーンズ、そしてマフラーを巻いた恰好で会議室に入ってきて、席に座る直前になって、そのマフラーをほどいて椅子の背に掛けた。

一方、左に座る女性のほうはベージュ色のビジネススーツという装いだったが、四十五歳の小此木より、明らかに年齢も社会でのキャリアでも上とみられる貫禄があった。

小此木は会議がはじまる直前、一部の男性編集部員に向かって、この女性ゲストについてセクハラまがいのコメントをささやいていた。

「男よりも仕事がデキる女には二種類ある。女らしさを保ったまま男よりも有能な女性と、女らしさを捨てて開き直っているくせに、都合のいいときだけ女を売り物にする厚かましいオバちゃんだ。きょうおまえらに紹介するのは、悲しいことに後者なんだな。顔も、ウチの鬼常務を女装させたみたいな迫力だしな」

しかし、いざ本人を目の前にしたときの小此木は、そんな陰口を叩いていたことなどおくびにも出さず、にこやかな笑みをたたえて編集部員たちに紹介した。

「こちら東都テレビ――ＴＶＴＴの制作部副部長でいらっしゃる久住知恵さん。いわずとしれた人気番組『真実のレンズ』のプロデューサーをなさっておられる」

「どうも久住です。よろしく」

笑顔を作っても、なおそのいかつい表情がやわらかくなることはない久住を見て、書籍編集部の男性社員たちは、「ウチの鬼常務を女装させたよう」という小此木部長のたとえがあまりにもピッタリだったので、噴き出しそうになるのをこらえるのに懸命だった。

「そしてこちらは」

小此木は、ひきつづき男性のほうも紹介した。

「おなじく『真実のレンズ』でチーフディレクターをなさっておられる竹山章吾さん」

「竹山です」

男のほうは笑みを浮かべず、ぶっきらぼうに挨拶をした。

「じつはもう諸君たちも聞いていると思うが、関連会社に出版部門をもたない東都テレビさんは、ことしからウチと共同出資で企画専門会社——東テレブックスを設立し、番組関連の本を出していくことになった」

小此木が、自分の部下たちに向けて説明をはじめた。

「この新社では、東テレさんの番組や事業イベントから何か面白い本を生み出せないだろうか、という企画の検討をやっていくことになるが、新社といっても登記上の場所は我が社であって、特別に独立したオフィスはない。また、東テレブックスに役員はいるが、社員はゼロだ。その代わり、両社から企画メンバーを出しあって、定期的な会議に臨むものとする。委嘱の辞令は近々に出すが、書籍編集部員は全員洩れなく参加するものと思っていてほしい。そして、この東テレブックスで企画にゴーサインを出した本について、具体的な編集作業や販売・宣伝などは、従来どおりウチが手がける」

編集部員たちを見回しながら、小此木はさらにつづけた。

「なんとなくシステムはみえてきたと思うが、新宿堂出版としては、東テレさんという強力なテレビメディアの力をお借りしてベストセラーを狙えるメリットがあり、一方、東テレさんは出版に関わる経費的なリスクをほとんど負わずに、売れたときには印税レベルよりはるかに大きな収入の分配にあずかれるというメリットがある。ちなみに東テレブックスの設立は来月のはじめ、二月一日で、社長にはウチの奥田《おくだ》取締役編集局長が就任し、副社長には東テレさんの滝川《たきがわ》編成局長が、そしてこの私と久住プロデューサーが取締役の一員として名前を連ねることになる」

そこまでの情報は部員にとって初耳だったので、少しだけどよめきが上がった。

「もちろん、私が今後も我が社の書籍編集部長の職にあることに変わりはない。さて、その設立記者会見において、企画が何も決まっていないというのでは恰好《かっこう》がつかないので、きみたちに加わってもらう前に、すでに三本の企画を進めることで東テレさんとは合意に達している。そのうちの一本が久住プロデューサーと竹山ディレクターがお作りになっていらっしゃる高視聴率番組『真実のレンズ』の書籍化だ。……では、久住さん、この先をお話しいただけますか」

小此木からバトンを渡され、久住知恵は軽くうなずき、そして言った。

「本のタイトルというのは、みなさんがふだんどのようにしてお決めになっているのか私は知りません。けれども、この企画に関しては私が独断で決めさせていただきました。まず当然ですが番組の本なので、サブタイトルとして『真実のレンズ　スペシャル』と銘打ちます。そしてメインタイトルは『透視捜査官・千石健志郎』とします。それから帯っていうんですか、私は専門用語を知りませんけれど、本の周りにクルッと巻くヤツね、あそこに入れるキャッチコピーも決めてあります。『未解決事件《コールドケース》を解凍！』。もちろん『未解決事件』というところには『コールドケース』ってふりがなを付けるんですけどね」

2

五十二歳のTVプロデューサー久住知恵にとって、会議室という場所は、そこに集うメンバーがどうであれ――つまり自分の部下ではなく、よその会社の社員であっても――つねに自分が議事進行の王様として君臨すべきものであった。

まして、いま目の前にいる新宿堂出版の書籍編集部員たちは、まもなく設立される東テレブックスという企画会社における社外スタッフという立場であり、久住はその取締役なのである。最初から「お客さま」らしい謙虚な態度をとらず、上意下達の姿勢になるのは当然ともいえた。

「みなさんも千石さんの透視能力はもうご承知かと思いますけれど、この本では、世間の一般常識を覆《くつがえ》すさまざまな事実を提示していきたいと思うのです」

久住は、いったんしゃべり出したら止まらなかった。

「第一に、透視能力というものが世の中には間違いなく存在すること。第二に、警察は決して万能ではなく、こうした特殊能力を持つプライベート捜査官の力を借りてこそ、世の中の未解決事件は真相を究明できるのだということ。つまり、大げさにいえば、私たち番組スタッフは、科学の常識と、日本の警察の捜査のあり方に一石を投じようという思いがあるわけです。そして……」

「あのお、ちょっとよろしいですか」

久住がさらに熱弁をふるおうとしたとき、ひとりの男が片手を挙げながら、間延びした口調で話しかけた。

話の腰を折られた久住知恵が、不快感をあらわにした顔で発言者のほうへ目を向けた。その視線を受けて、発言者の男が立ち上がって頭を下げ、それからふたたび腰を下ろして言った。

「えーと、わたくし、長倉《ながくら》と申します。書籍編集部で副部長をやらせてもらってます」

度の強い眼鏡をかけた副部長の長倉は、部長の小此木より九つも年上の五十四歳だった。長倉は敵を作らない温厚な人柄だったが、何をやるにものんびりしており、せっかちな性格の小此木などは、「長倉さんのスローモーぶりには心底イライラさせられるよ」と聞こえよがしに言って憚《はばか》らなかった。

その人畜無害で目立たぬことが存在価値といってもよい長倉が、めずらしく率先して発言を求めたので、小此木も他の編集部員も意外な目で彼を見つめた。

「久住さんに基本的なことをおうかがいしてもよろしいでしょうか」

長倉は、自分より二歳年下のＴＶプロデューサーに対して、丁重な物腰で切り出した。

「私も『真実のレンズ』は放送があるたびに拝見させていただいているのですが、この千石健志郎という人は本物なのでしょうか」

「なんです、その『本物なのでしょうか』とは」

久住はカチンときたことを隠さずに問い返したが、長倉はいつものののんびりした口調で答えた。

「つまりですね、千石さんという人の透視能力は本物なのだろうか、とおたずねしているのです」

「決まってるじゃありませんか。あなた、テレビであれだけ見せつけられても、まだ疑うんですか」

「私はですね、日ごろはあまり自分の意見を述べたり、それを人に押しつけたりする人間ではありません。そのあたりのことは、編集部の人たちもよくわかってくれていると思いますが」

部長も含めて全員が自分よりも年下である書籍編集部の面々を見渡してから、長倉はまた久住知恵に視線を戻した。

「私は透視とか心霊とか、そういったものがどうにも信じられないのです」

「あなたが信じる信じないは関係ないでしょう。現に千石さんは、行方がわからなくなっていた秋奈ちゃんという少女の居場所を透視したのよ。彼女の遺体が沈められていた沼を、その沼のどこかというところまで具体的に言い当てたのよ。いまさら疑いの余地などないじゃない」

「そうはおっしゃいましても、私は信じられないだけでなく、透視みたいなものは好きではないのです。もっとハッキリ申し上げれば嫌いなのです。大嫌いなのです」

「だから、あなたが好きだろうと嫌いだろうと関係ないでしょって言ってるのよ！」

「いえ、それがそうもいかないんです」

「ちょっと長倉さん」

　小此木があわてて口をはさんだ。

「いったいどうしたんですか」

「どうしたんですか、とおっしゃいますと？」

「ぼくは部長として、ふだん部員のみんなに言っているはずですよ。企画会議というものは、アイデアの潰《つぶ》しあいはやめようと。それはできっこないとか、それは売れっこない、などと頭ごなしに人のアイデアを否定するんじゃなくて、まずはそのアイデアを面白がって、どうやったら実現するか、どうやったらたくさん売れるかを、みんなでいっしょになって考えてみよう、と。副部長である長倉さんは、そうしたウチの会議のルールを当然わかっておられるのに」

「もちろんです。よくわかっております。しかしお言葉を返すようですが部長、こればっかりはそうもいかないのです」

「なぜ」

「個人的なことがありまして」

「個人的なこと、とは？」

「ご承知かと思いますが、私は一昨年に離婚をしました」

「ああ、知ってますけど」

「でも、原因までは部長にお話ししたことはなかったですよね」

「そりゃね」

小此木は肩をすくめた。

「個人的な問題まで根掘り葉掘りたずねようとも思いませんし」

「じつは、離婚には霊能者がからんでいたのです」

「霊能者？」

「家内が肺を患って長く入院したことがあるんですが、それを境に、友人から勧められたといって、ワケのわからない女の霊能者にハマったのです。そして、何から何までそのお告げで動くようになってしまって……」

長倉は、久住と小此木を交互に見やりながら言った。

「たとえば家族で旅行に行こうと言っても、方角が悪いだの、日が悪いだのと、その霊能者からもらった暦でいちいち調べる始末です。それでも旅行程度ならまだガマンもしますが、ひとり息子が高校から大学へ進むときも、家内は学校の先生のアドバイスには耳も貸さず、父親としての私の意見も無視して、息子を霊能者のところへ連れて行って進路を相談するんです。そして、またしても霊能者のお告げで、方角がよいのは北だと言われて、北海道や東北にある大学を受けて」

そのときのことを思い出して、長倉は苦々しげに吐き捨てた。

「どこかに受かればまだしも、ことごとく落ちまして……。しかも落ちたら落ちたで、こんどは、そうなったのは家族の中に信心深くない者がいて、悪い霊が取り憑《とつ》いているからだと言われたそうなんです。ええ、つまり私のことですよ。私のせいだというんです。だから、お祓《はら》いをするから連れてこいと。もちろん拒否しましたよ。私はね、インチキ霊能者を怒るより、そいつにだまされ放題の女房に腹が立ちまして……だってそうでしょう。霊能者にみてもらうといったって、タダじゃありませんからね」

聞いている久住が露骨にいらだちをみせているのもかまわず、長倉は、なおも個人的な話をつづけた。

「いったいいくら払ったのかと女房を問いつめて、その金額を聞いて驚きました。ひっくり返りました。私がこれまでコツコツと働いて貯めた金の大半が、そんなインチキ霊能者のために費やされていたからです。それでもう、腹が立って腹が立って」

温厚な人柄で知られる長倉が歯を食いしばり、拳を握りしめてドンと机を叩いた。

「ふざけるな、と怒鳴りあげたら、なんと家内は開き直って私に怒鳴り返すんです。インチキ霊能者を『先生』と呼んで、『私が信頼している先生を詐欺師よばわりするなんて、ひどい』と……。そこからはもう家内のやつが極端に感情的になりましてね。泣くわ、わめくわ、物はひっくり返すわ、暴れるわの大騒動で、収拾がつかなくなりました。で、けっきょく別れるよりなくなったんです。家内は、もう以前の家内ではなくなってしまった。洗脳されてしまって、どうにもならない。けれども私は、せめて息子だけは渡すまいとがんばったんです。父親として息子を手元に置きたいというよりも、霊能者べったりの家内にあずけたら、将来なんてありませんから。それで親権争いの裁判まで……」

「もういいです、あなたの話は」

ついに久住知恵が長倉の話をさえぎった。

「長田さんとおっしゃいましたっけ、あなたは」

「長倉です」

「どっちでもおんなじよ。あなたはね、千石さんの透視能力を、インチキ霊媒師？　霊能者？　そういうのといっしょくたにしている。じつに認識不足です。透視はね、オカルトじゃないのよ。科学なのよ」

　久住の声は感情的になっていた。

「米ソが冷戦にあった一九五〇年代から八〇年代前半にかけて、ＣＩＡはソ連のミサイル基地や潜水艦の配備状況などを知るために、本気で透視能力者を育成していたのよ。それも、最初からすごい超能力者をつれてきて使ったというのではなく、透視に関する潜在能力があるとみなされる人間をピックアップして、徹底的に訓練をして遠隔透視能力を高めていったの。そして、どうやっても通常の方法ではうかがい知れない、海底深くに潜行中のソ連軍潜水艦の内部まで透視ができた。つまりそれは、人間の脳は訓練次第でどんな高性能な軍事用レーダーよりも何百倍、何千倍もすぐれた機能を発揮できるんだ、という証《あか》しですよ。それ、千石さんが初登場したときの放送で取り上げたんですけどね。ごらんにならなかったのかしら、長田さんは」

　久住は、わざと名前をまた間違えながら、長倉を睨《にら》みつけた。

「私たちはその事実に目を向け、人間に本来備わっているすばらしい力を眠らせずに、社会のために役立てていかなければならないと思うの。それこそが、地球の平和な未来を約束するわけよ。もしも軍事行動のすべてが見透かされるのであったら、戦争なんてする意味がなくなるわけでしょ。今回の本にはね、そういう壮大で高邁《こうまい》なメッセージが託されているの。だいたいね、人に霊が取り憑いているとか、そういう脅し方をする悪質な女ペテン師と、千石さんとをいっしょにしないでちょうだい」

「まあ、そんなわけでね、長倉さん」

小此木は、人前で初めて感情をあらわにした年上の部下に向かって、なだめるような笑顔を向けた。

「この企画については、これから時間をかけて、久住さんや竹山さんからよく話を聞いていこうじゃないですか。そうすれば……」

「いいや、私は納得できません。これは私個人の問題ではありません。われわれ新宿堂出版は、根拠のない心霊現象を肯定するような出版物を出すべきではありません。エセ霊能者のおかげで家庭を壊されてしまった私だから言える、切実な問題なんです。これは出版社としてのモラルを守れるか否かという問題です」

「だから、サイコメトリーやリモートビューイングは心霊現象じゃなくて、純粋に科学的な現象なんだって言ってるでしょ！　何度説明したらわかるの、あなたは」

久住がますます感情的な声を張り上げたとき、ひとりの女性編集者が手を挙げた。

三十歳の黛《まゆずみ》早苗《さなえ》だった。

「私からもひとつ質問をさせてください。……あ、私は黛早苗と言います。会議がはじまる前に小此木部長から、千石さんの本は私が担当するように言われました」

「あ、そ」

## 3

長倉に怒りの視線を向けていた久住知恵は、不機嫌さを引きずったまま、女性編集者を値踏みするように一瞥した。

若い女性が髪の毛を染めるのは普通のこととなっている時代にあって、黛早苗は漆黒の髪を肩まで垂らしており、しかも知性を強調するような黒縁のメガネをかけていた。メガネを取れば、かなりの美形であることは誰の目にも明らかだったが、早苗は、とくに男性のいる前では決して黒縁メガネをはずさなかった。その外見が、いかにも堅物で異性に対してもガードが堅そうな印象を彼女に与えていたし、実際、三十になっても恋人がいるという噂ひとつなかった。

たとえばクリスマスイブ――これ以上ないロマンチックな日において、早苗は恋人といっしょの時間を過ごしたことがない。編集者という仕事は不規則な商売とはいえ、若い部員たちはみな気もそぞろにイブの街角に散っていく夜に、早苗だけは、毎年決まって会社に居残って黙々と残業をしている。そんな姿をみんなに見られていた。

「イブぐらいカレシと遊ばないの？」

と、声をかけられても、早苗が返す言葉は決まっていた。

「べつに私はクリスチャンじゃありませんから」

そうした生真面目すぎるぐらい生真面目な雰囲気を持つ早苗を、久住知恵は直感的に苦手に感じた。早苗が千石健志郎の本の担当になると初めてこの場で知って、「この子にはテレビがらみの仕事は合わないわ」と、すぐに思った。だが、ともかく相手が何を言い出すのか、久住は、早苗の質問を聞く姿勢だけは見せた。

「具体的な本づくりについては、これからご意向をうかがっていくとして、私が知りたいのは、千石健志郎さんが透視されたあとの、番組と警察との関わり方なんです」

「番組と警察？　それ、どういう意味かしら」

「秋奈ちゃん事件は、その後どうなったんですか。去年暮れの第十回放送では、沼の底から秋奈ちゃんの遺体が引き上げられて、警察の検死の結果、明確に他殺であることが証明されたところまででしたけど、事故ではなく他殺だとハッキリしたあと、犯人に関する捜査はどうなっているんですか」

「それは警察の仕事だからね」

と、久住が答えると、早苗は、それでは納得できないというふうに首を振って、プロデューサーを問いつめた。

「でも、それはいま久住さんがおっしゃったことと矛盾していませんか。警察の力だけでは未解決事件は解明できないというんでしょう？　だったら、秋奈ちゃんの遺体を見つけるだけでなく、なぜ千石さんは犯人を捜し当てないんですか」

「いまやってるわよ」

「どこまでやってるんですか」

「だから、いろいろやってるのよ。ほんとになんなの、この人たちは。私を吊し上げるために会議に出てきたわけ？」

久住は笑いながら黛早苗と長倉清《きよし》を見つめ、そして笑いを引っ込めて怒りの表情を小此木部長に向けた。が、小此木も部下たちの意外な反発に困惑して、すぐにはその場を取り繕えなかった。

すると、いままで黙っていたディレクターの竹山章吾が、横からフォローした。

「番組でも伝えていますが、秋奈ちゃんは失踪という形で姿を消し、当初は誘拐を疑われたんですが、時間が経っても身代金の要求などは一切出てきませんでした。また、自宅の最寄り駅となるJR上諏訪駅および周辺の防犯カメラにも、秋奈ちゃんらしき姿はまったく映っていません。そこで誤って諏訪湖に落ちてしまったのではないかという可能性が濃厚だと考えられて、何度も諏訪湖の捜索が行なわれたんです。そんな状況でしたから、千石先生が、東京の奥多摩に近い青梅市郊外の沼に秋奈ちゃんが眠っていると透視したとき、ご両親はもちろん、番組スタッフでさえ、まさかと思っていたんです。まして警察などに、そんな段階で通報はできません。

ところが実際に透視された場所から遺体が発見され、明確に他殺の痕跡があったことで、警察も我々の番組をきっかけに、初めて殺人事件としての捜査をスタートさせたばかりなんです。そのために初動捜査というものはないも同然。警察は事件の手がかりすらつかめない状況です」

「ですから私がおたずねしているのは警察が何をやっているか、ではなくて、久住さんなり竹山さんなりが、千石健志郎さんに犯人の透視をさせなかったんですか、ということなんです」

「それは依頼しました」

竹山は冷静に答えた。

「しかし、千石先生は何も見えないとおっしゃるんです」

「何も？」

「そうです。犯人に関する情報は何も見えないと」

「なぜです、千石さんの透視能力は、いまの警察の捜査能力をはるかに上回るはずなのに、ですか」

「いえ、千石先生といえども決して万能ではありません。これまでの放送をごらんになっていたならおわかりと思いますが、先生はまずサイコメトリーを基本に置かれます。つまり、透視の対象となる人物の所有物や居住空間に残留している『念』ですね、これをまず情報として取り込んだうえで、その念が最も強い場所――すなわち、本人そのものの存在をレーダーのように探り当てていくんです」

竹山は、懇切丁寧な口調で説明した。

「わかりやすいたとえを用いるなら、警察犬が特定の人物の所有物を嗅《か》いで匂いを覚え、その匂いの形跡に沿って本人を探し出すというのがありますよね。あれを千石先生は匂いではなく、念で行なうんです。去年の六月に殺人事件の容疑者が名古屋のアパートで自殺しているのを透視したのも、すでにターゲットが明らかになっていて、我々が関係者から容疑者の私物を借り受けることができたから可能になった透視なんです。ところが秋奈ちゃんのケースは、秋奈ちゃんの念を追って、他殺だというところまでは確定したけれど、犯人がわからない。容疑者すら浮かんでこない。だから追跡すべき犯人の『匂い』が手に入らない警察犬のようなもので、これでは千石先生もお手上げなんです」

「ほんとうに、そういう理由でお手上げなんですか？」

なおも早苗が食い下がると、いったん口をつぐんでいた久住知恵が威嚇《いかく》するような目で睨みつけて言った。

「あなたねえ、いったい何を言いたいのよ」

「まあまあ、おたがいに冷静にやりましょう」

ようやく小此木が割って入った。

「ウチと東テレさんとの顔合わせが、いきなりこんな雰囲気になるとは思ってもみなかったな。長倉さんは、いつもの長倉さんらしくないし、黛も黛だ。なんだかふたりともおかしいぞ。妙にケンカ腰で」

「理由があるんです」

黛早苗は、上司である小此木に真剣な眼差しで訴えた。

「長倉さんが個人的な経験から透視を嫌われたことよりも、もっともっと深刻な事情から、私は千石健志郎さんの透視を疑っているんです」

「どういうことだい」

たずねる小此木に対してではなく、プロデューサーの久住に向かって早苗は言った。

「最初に申し上げておきます。私、千石さんの透視なんて、何から何まで信じません」

「いいわよ、それならそれで。だったら担当をはずれてちょうだい。あなたが信じようと信じまいと、そんなことは関係な……」

「関係あるんです！」

早苗は、久住の言葉の途中で、自分の言葉をかぶせた。

「とにかく私の話を聞いてください。いまから三十年前の十一月十二日、私の母・黛京子《きようこ》は亡くなりました。生後三週間ほどの私を残して……」

4

突然はじまった告白に、怒りをぶちまけていた久住知恵もほかの面々も、みな黙って早苗を見つめた。

「母の死因は焼死です。焼け死んだのです」

全員の視線を集めた早苗は、久住から目をそらすと、目の前のテーブルに視線を落としてつづけた。

「その当時、母は郷里の奈良から東京に出てきた二十一歳の大学三年生でした。都電荒川線の早稲田《わせだ》駅と面影橋《おもかげばし》駅の中間に建っていた木造アパートの二階に住んでいました。一階と二階に四部屋ずつあるだけの小さなアパートでした。そして三十年前の十一月十二日、午前二時ごろ、母の部屋から火が出ました」

シンと静まり返る会議室に、黛早苗の声だけが響いた。

「直接の原因は、石油ストーブが倒れたことによるものです。地球温暖化が進んだいまと違って、当時は東京でも十一月の声を聞くと木枯らしが吹いて、ものすごく冷え込んだそうです。その夜も、木造アパートでは暖房なしではいられないほどの寒さでした。母が使っていた暖房器具は、小さな電気ごたつと、それから石油ストーブでした。その石油ストーブは、三十年前でさえ旧式と言われたもので、傾いたときに自動消火するような装置はついていなかったのです。それが倒れてあっというまに火が広がって、炎が母を包んだのです。けっきょく木造二階建てのアパートは全焼しました。アパートに住んでいたほかの人たちはみな社会人だったそうですけど、母以外は全員が逃げて助かりました」

早苗の言葉が少し震えた。

「母だけがなぜ逃げられなかったかというと、火元であったせいだけではありませんでした。あとでわかったことでしたけれど、母の頭蓋骨には火災のせいではないヒビが入っていました。頭蓋骨骨折です。部屋が燃えても逃げ出せるような状況になかったのです」

「話の途中だけど、ちょっといいかな」

早苗から少し離れた席にいる長倉清がたずねた。

「そのとき、きみは生後三週間ぐらいだったというけど、その話は、当然あとになって聞かされたものだよね」

「はい。私の祖父母から聞きました」

「つまり、亡くなったお母さんのご両親だね」

「そうです。事件のあと、私は祖父母に引き取られて、ずっと奈良で子ども時代を過ごしていました。幼いころは、母が死んだときの様子をたずねることはタブーでした。でも、中学生になったころから、とくに祖母がいろいろと話してくれるようになったのです」

「ねえ、ちょっと」

　そこで久住がさえぎった。

「あなたの個人的な過去と、千石さんとどうつながってくるのよ。思わせぶりな言い方をしないで、さっさと結論から言いなさいよ」

「まあ、彼女の話を順序立てて聞いてやればいいじゃないですか」

　長倉は露骨に久住に反発した。そして、早苗に向き直って質問を補足した。

「きみの話をきちんと理解するために、ここでたずねておくけれど、きみのお母さんは学生結婚だったのかい」

「いいえ」

　早苗は長い黒髪を揺らして首を左右に振った。

「結婚はしていませんでした」

「というと……」

「できちゃった婚が双方の両親に認められない状況でした」

「父親はちゃんといたんだね。つまり、身元がわかっているんだね」

「はい。同じ大学の同級生でした」

「彼は……つまり、きみのお父さんは同じアパートに暮らしていたのか」

「いいえ」

「じゃあ、きみ自身は？」

長倉が当然の質問をした。

「きみはどうやって助かったんだ？　お母さんと同じ部屋にいたんじゃなかったのか」

「自分では記憶していませんけれど、母といっしょにいたようです」

「だったら、きみも炎に巻かれて死んでいるはずじゃないか」

「燃え上がるアパートから、私を抱いて飛び出してきた若い男の人がいたそうです。その男の人は、火事騒ぎに驚いて道路に出てきた近所のお婆さんに、私を押しつけるようにして抱かせると、どこかへ姿を消してしまったのです」

「それが、きみのお父さんなのか」

「らしいです」

早苗は長倉の質問にうなずいた。

「で、きみは火事のあと、お母さんの実家に引き取られたそうだが、その後、実の父親とはどういう関係にあったんだね。当時は学生だったとしても、社会人まではあと少しだ。そうなってから、父親がきみを引き取ったりはしなかったのかね」

「父も死にました。母の焼死から三日後に」

「え……」

驚いたのは長倉だけではなかった。会議室にいた書籍編集部の仲間たちも、それまで聞いたことのなかった早苗の生い立ちに関する衝撃的な話に、ここが出版会議の場であることも忘れて聞き入っていた。

「お父さんも亡くなった？　お母さんが亡くなった三日後に？」

こんどは部長の小此木がたずねた。

「どういういきさつで」

「崖から車ごと落ちたんです。群馬県と長野県の境にある武道峠《ぶどう》から……。母がアパートで焼死して、その遺体に頭蓋骨骨折の形跡があることが判明した直後の転落死だったので、警察もずいぶん捜査に動いたらしいです」

「その転落は、後追い自殺だったのかね」

「父ひとりが乗っていたら、そのように受け止められたかもしれません。でも、そうではありませんでした。転落した車には男の同乗者がいました。父は即死でしたけど、助手席にいた人は重傷を負ったものの、命は助かりました。仮にその人をAさんとしておきます。Aさんは、やっぱり母や父と同じ大学の同級生でした。父とは親友で、母とも仲がよかったそうです。そのAさんが警察に語った話が、ものすごく……衝撃的でした」

早苗は声を詰まらせ、しばらく沈黙があった。だが、誰も言葉をはさまなかった。久住知恵でさえ、黙って早苗のつぎの言葉を待っていた。

「Aさんが警察や私の祖父母に話したところでは」

ようやく早苗が話を再開した。

「火事から三日後の夜、Aさんはショックでうちひしがれている父をなぐさめていたところ、急にドライブにつきあってほしいと言われたそうです。気分転換に車をぶっ飛ばしたいんだ、と。Aさんは父の気持ちを察してつきあってあげることにして、父が運転する車の助手席に乗りました。Aさんと父は、ふたりとも王子《おうじ》駅のそばに住んでいました。おたがいに住まいは近かったそうです。王子は都電荒川線を使えば、母のアパートがある面影橋まで一本です。

その王子を父の運転で出発すると、車は東京を離れて、やがて埼玉から群馬の山の中に入っていきました。気がつくと真っ暗で険しい山道に入っていた。ものすごいヘアピンがつづく峠道で、夜だからよくわからなかったけれど、崖は深いだろうなと思いながら、Aさんはどんどん不安が募っていったそうです。そして、さすがに気分転換のドライブにしてはおかしいと感じて、なんでこんなところまでくるんだ、もう東京に戻ろうと言ったところ、父は車を停めると、いきなり『京子を殺してしまった』と泣きながら告白をはじめたんだそうです」

もはや会議室の中には咳払いひとつ聞こえなかった。

「母は不注意から起こした火事で死んだとばかり思っていたAさんが、ショックで言葉も出せずにいると、父は涙を流しながら、いきさつを語りはじめました。母が私を身ごもったときから、父とのあいだで私を産む産まないで言い争いがあって、学生で子どもを育てるのは無理だという父に対して、母は中絶を拒否して絶対に産むと言い張った。その結果、ふたりの仲は険悪になって、けっきょく恋人関係が消滅してしまった。それでも母は出産することを決断、十月二十三日に私が生まれました。そして、それから三週間後の十一月十一日の夜遅くに、母から呼び出されてアパートを訪れた父は、こんどは私を認知するしないのケンカになって、日付が変わって十二日の午前二時ごろ……」

急に早苗の声が詰まった。涙が頰《ほお》からこぼれ、肩が震えはじめた。

「感情的になった父は、近くに置いてあったラジカセで母の頭を思いきり殴《なぐ》りつけたそうです」

会議室に低いどよめきが起きた。

## 5

「母はそのはずみで、火のついていた石油ストーブといっしょに畳の部屋に横倒しになりました。あっというまに炎が広がり、そばで寝ていた私が、ものすごい勢いで泣き出したそうです」

早苗は唇を震わせながら早口になった。

「動転した父は、とっさに私を抱き上げて部屋から飛び出し、二階から駆け下りると、ちょうど表に出てきた近所のお婆さんに私を押しつけ、また二階にとって返そうとしました。けれども、そのころには火の勢いがあまりにも激しくなりすぎて、助けにいくのをあきらめざるをえなかった。けっきょく自分が……京子を殺して……しまったのだ……と、ハンドルに顔を埋めて号泣したそうです」

自分の母親が自分の父親に殺され、しかもその原因が自分自身の誕生にあるという話を語った黛早苗は、そこで話の中の父親と同じように、一気に泣き出した。

だが、彼女の話はそれで終わりではなかった。

「そのあと父は」

涙を拭いもせずに、早苗はつづけた。

「よそのお婆さんにあずけた私がどうなったかも確かめずに、警察の追及を恐れて逃げ回っていたというのです。実際、警察も父を怪しんで行方を捜し回っていたそうです。その父が突然Aさんのところをたずねて、ドライブに誘い出し、人里離れた山道まできたところで、火事の真実を告白したのです。それを聞かされた親友のAさんは、ものすごいショックを受けながらも、とにかく警察へ行こうと父に自首をうながしました。警察に行って正直に話して罪を償うよりない、と。少なくとも父親として、生まれてまもない赤ちゃんの命は助けたんだから、警察も情状酌量はしてくれるだろうと、そう話したそうです。そして、おまえは精神的に不安定だから、ぼくが運転を代わると……そう言って交代を申し出たとたん、『おれは死ぬんだ！　死んで償うよりないんだ！』と急に叫ぶと、思いきりアクセルを踏んで……」

「Aさんを道連れにして、崖からダイブしたというんですか」

たずねたのはディレクターの竹山だった。

「しかし、なぜ親友のAさんを道連れにする必要があったんですか」

「………」

うつむいたまま答えない早苗を見つめて、竹山はさらにつづけた。

「もちろん、それなりの理由は思いつきますよ。あなたのお父さんは、親友のAさんだからこそ、いっしょになって罪を逃れる方法を考えてくれるかもしれないと期待していたかもしれない。ところが警察に自首することを勧められたので、犯罪者としてつかまるのは耐えられず、やっぱり死ぬしかないと思い直した。ただし自分の死後、Aさんに自分の犯罪を明らかにされたくなかったので、Aさんも道連れにした、と……。そういうふうにも考えられますけど、なんだか不自然ですよね」

「私も初めてこういういきさつがあったことを祖母から聞かされたとき、納得がいきませんでした」

洟《はな》をすすりながら、早苗は言った。

「私にとってあまりにも残酷なストーリーというだけでなく、Aさんの言葉だけで、すべてをそのように理解していいものだろうかという気がしたんです」

「で、当時の警察はどのような結論を出したんですか」

「Aさんの証言を信じれば、父が母を殺したことになりますけれど、客観的な証拠がないということで、けっきょく母の死は事故扱いになったんです。ふたりのあいだに何かの諍《いさか》いがあって、石油ストーブが倒れてしまって火災を起こした可能性が濃厚だけど、Aさんが父から聞いたというストーリーが事実だという証明ができませんでした。その最も大きなポイントは、母の頭蓋骨に骨折を負わせたというラジカセが、焼け跡から発見されなかったことです。父が私を抱きかかえてアパートから飛び出したときに、そのラジカセまでいっしょに持ち出したとは考えられません。それなのに、ラジカセは火災現場にはありませんでした」

「となると、あなたのお父さんが語ったような事実はなかったと」

「いいえ、もしも父が死まで覚悟していたとしたら、土壇場でそんなつまらない作り話をするとは思えません。むしろAさんが父から聞いたというストーリーにウソがあったんじゃないかと私は思いました。父がラジカセで母を殴りつけたという事実がなかったとすれば、それは父の作りごとではなく、Aさんの作りごとではなかったのかと」

「なるほど」

ますます竹山は興味をそそられた様子で前のめりになった。

「それでは、逆にAさんが怪しくなってくるんじゃないんですか」

「私もそう思いました。でも当時の警察は、父に殺人の罪を負わせなかった代わりに、Aさんを深く追及することもしなかったんです。仮にAさんに何か怪しいところがあったとしても、父の運転する車の助手席に乗って崖から転落し、重傷まで負ったという事実が、Aさんを被害者としか思わせなかったのです」

「では、火事の三日後に起きた自動車の転落については、警察はどのような判断を下したんですか」

「それも事故だと」

「おかしいな。あなたのお父さんの自殺行為にAさんが巻き添えを食った、という結論にはならなかったのですか」

「ラジカセのことがあったので、Aさんの証言もそのまますんなりとは信じられないという判断があったんだと思います。それで無難な結論にしたのかもしれません」

「自殺ではなく、ハンドルの操作ミスとか？」

「そのとおりです。武道峠はその当時は舗装もされていなくて、運転経験の浅い人間にはとても危険なところだったそうです。おまけに十一月も半ばに差しかかると雪が降ることも多く、事故当時も路面に目立った積雪はなかったけれど、深夜は路面が凍結していたところもずいぶんあったそうです」

「しかしねえ」

竹山は、久住プロデューサーと新宿堂出版の編集者たちが険悪なムードになったことなどすっかり忘れ、なぜ黛早苗がこんな話を持ち出してきたのかという疑問も脇に置いて、純粋に、早苗の語る物語の謎にのめり込んでいた。

「未婚の母となった女子学生がアパートで焼死、ついでその相手であった同級生が崖から車で転落死というのは、単純な悲劇的事故の連鎖だとするには無理があるなあ。それでもなお事件として扱われなかったとしたら、それこそコールドケースとして取り上げてもいい出来事かもしれない」

竹山が首をひねりながらそう言ったとき、久住知恵が硬い表情でつぶやいた。

「もしかしてあなた……」

その声で、黛早苗に向けられていた全員の視線が、一斉に東都テレビの女性プロデューサーに移った。

「その『Aさん』というのが、千石さんだと言うんじゃないでしょうね」

「そうです」

こんどのどよめきは大きかった。

早苗は、『真実のレンズ』のプロデューサーをキッと見据えて言った。

「私の父の最期を、もしかすると自分の都合のよいように脚色していたかもしれない父の親友であった大学生――その人の名前は、まちがいなく千石健志郎と言いました」

# 第三章　動き出した関係者

## 1

二月三日の昼下がり――

弁護士の向《むか》井《い》明《あきら》とノンフィクションライターの長谷川美枝子は、美枝子のオフィスでおたがいに複雑な表情のまま黙りこくっていた。

向井は美枝子より二歳年下の恋人である。たとえ恋人であっても、職務上知り得たクライアントの秘密は洩らさないのが弁護士の鉄則だが、向井はそれを守っていなかった。というよりも、美枝子にうまいぐあいにしゃべらされてしまうのだ。

これまでも美枝子が自分で勝手に命名したところの「鬼の棲む家事件」や「怪物が覗く窓事件」をはじめ、数え切れないほどの担当事件において、向井は美枝子に裁判の進捗《しんちょく》状況あるいは事件の調査内容を語ってきていた。

その結果、彼は美枝子とのっぴきならない関係に陥っていた。

たしかに向井にとって美枝子は恋人ではあるが、彼女を結婚相手と考えたことは一度もなかった。年上ということが問題なのではない。こんな自由奔放な女性を妻という立場においたら、一年も経たないうちに自分の神経が参ってしまうのがみえていたからだ。美枝子も、向井との結婚は考えていないという。それどころか「明が結婚するときは、祝辞を述べにいくから」と、ありがたくない申し出をしてきている始末である。

それでもなお、向井は美枝子との関係を永遠に切れないと思っていた。弁護士資格を剝《はく》奪《だつ》されるのが確実である守秘義務違反を、美枝子に対してつづけてきたからだった。美枝子の気性から言えば、彼女は「別れてもふたりの秘密を守りつづける」タイプではなく、とくに向井から一方的に捨てられた場合は、腹いせにいくらでも過去の秘密をしゃべってしまいそうだった。それが向井は怖かった。

美枝子が向井から、弁護士ならでは知りうるいろいろな事件の内幕を聞き出してきたのは、たんなる野次馬根性からではない。そこに「取材のネタ」を見つけ、それを自分のノンフィクション作品として世に訴えたいからだった。

長谷川美枝子のノンフィクション作品はよく売れた。それはテーマの見つけ方と取材対象の私生活への踏み込み方が、あざといほど厚かましく、それが読者の下世話な欲求を満たしてくれるからだった。

いまの時代にはこのテーマがウケる、と本能的な嗅覚で察知すると、美枝子はその分野に特化して、短期集中型の取材をつづけた。美枝子にとってライフワーク的な永遠のテーマなどないのだ。そして、決して取材対象のプライバシーなどを考慮せず、興味本位で舞台裏を探っていく。その姿勢が、読者の野次馬的な好奇心を満足させていた。

もちろん、ノンフィクションライターとして最低限のモラルは守るが、それは文字どおり最低限のハードルでしかなかった。つまり、訴えられない範囲内でのモラルである。こんなことまで書いたら取材対象の私生活が壊れてしまうかもしれない、と一応は考えてみる。だが、そこまで突っ込んで書かなきゃ作品にインパクトが出ないのよね、と思ったら、自分の事情のほうが優先する。自分の事情とは、本が売れることと、長谷川美枝子はすごい、という評判が立つことだった。法的に問題のないかぎり突っ込む、という線引きも、取材対象のためにではなく、自分のためにあった。

ただ、そんな美枝子に向井が惹《ひ》かれてしまうのは、その率直さにあった。

「ジコチューは人間の本能だからね、少しも恥じることなんかないの」

堂々と言い切る美枝子は、たしかに、地球は自分を中心に回っていると考える女だった。その代わり裏表がない。そこが向井がなにより好きになったところだった。

厚かましいけれど、ずるくはないのだ。

「ノンフィクションライターってね、なんだか世の中の悪や矛盾を暴く正義の味方づらしていて、意外と本人の人間性はたいしたことなかったりするのよ。『ノンフィクションライター』イコール『人格者』という錯覚が世の中にはあるみたいだけど、それっておかしくない？　文芸作家には奇人変人がいて当然、みたいな風潮があるのに、なんでノンフィクションライターはみんな清廉潔白なの？　ありえっこないって、そんなの。私は、そういう欺瞞《ぎまん》はヤなの。だから明には、なにもかもぶっちゃけ話してるわけ」

「ぶっちゃけなのはいいけどさ」

明は、いつも美枝子にそう言うのだった。

「ぶっちゃけも、ほどほどにしておいたほうがいいよ」

「それどういう意味？」

「もう少し、真摯《しんし》で謙虚な取材態度をとったほうがいいってことかな」

向井は美枝子のデスクに手を伸ばし、その表面を指で叩きながら言った。

「でないと、いつかものすごいしっぺ返しがくるような気がするんだよな」

「ま、そうなったらそうなったでいいんじゃない」

美枝子は向井の忠告に対しても、いつも平然とそう答えた。

「これが私の生き方なんだから」

そんな調子で、最終的には長谷川美枝子のマイペースに負けてしまう向井明だったが、きょうばかりは、ふだんとは勝手が違っていた。

「悪いけど、今回の裁判については、美枝子に内々で情報を提供するわけにはいかないんだ。だから、もうぼくには何もきかないでくれ」

「なんでよ」

不満そうに口をとがらせると、美枝子はデスクをはさんだ向こう側に座る向井の顔めがけて、彼の大きらいなタバコの煙を思いきり吹きかけた。

嫌煙家の向井が、顔の前で手を振ってゲホゲホと咳き込むのを冷たく見やりながら、美枝子は言った。

「私に協力してくれなきゃ、いくらでも煙責めにするからね」

「やめてくれよ、ほんとに」

何度もむせ返りながら、向井は目をしばたたかせた。

「タバコの煙は身体に悪いだけじゃなく、髪の毛や服がニコチン臭くなるだろ。それがたまらなくイヤなんだよ」

向井は、バブル期のアメリカによくいたヤングエグゼクティブのようなオールバックにした髪の毛を片手で撫《な》で、その手のひらを鼻の下にもっていって嗅いだ。

「ほら、もうかなりニコチン臭くなってる。これからまだ仕事があるんだぜ。こんな匂いの頭で、つぎの仕事先に行けというのかよ」

「ふうん、私の健康を心配してくれてのことじゃなくて、自分の健康と身だしなみに影響するから、人にタバコを吸うなって命令するわけね」

「命令なんかしてないだろ。命令したって、どうせ言うことを聞かないんだから」

「わかってれば結構。私は一生タバコはやめないから。……そんなことよりね」

美枝子はもう一服、こんどは天井に向かって煙を吐き出してから、タバコを灰皿でもみ消すと、腕組みをして向井を睨みつけた。

「こんどきみが担当するその訴訟について、チラッと話をふっておきながら、その後、私に続報を提供しないということは、重大な信義違反だと思う」

「よく言うよ。美枝子に協力することじたいが、法曹界における重大な信義違反だっていうのに。とにかくぼくは後悔しているんだ。千石健志郎の件をチラッと美枝子に洩らしたことを。だから、もう忘れてくれ。今回の一件は、世間でいろいろ話題になっているだけに、美枝子にかき回されたくないんだ」

「なんでよ。私がノンフィクションの題材に取り上げなかったら、きっと誰かほかのライターが目をつけるわ」

「見知らぬ他人に勝手に書かれたほうが、ぼくは気楽だけどね」

「それはダメ。ほかの人にとられたくない。それに私……困ってるの」

美枝子は少しためらったのちに、ストレートに切り出した。

「お金とヒット作のダブル欠乏症で困ってるの」

「おいおい、いままで人の不幸をメシのタネにして、そうとうな印税を稼いできたんじゃないのか」

「そうよ。でも、ハワイにコンドミニアム買っちゃったから、それの購入費とか維持費で貯金がぜんぶ飛んじゃったんだよね」

「ハワイ！　ハワイ〜？」

向井は頭のてっぺんから突き抜けるような声を出した。

「ハワイにコンドミニアムを買った？　つまり日本流に言うところのマンションだろ」

「そうよ。居住者専用のプール付きで」

「聞いてないぞ、そんなこと」

「言う必要ないでしょ、きみは私の亭主じゃないんだから」

「いつ買ったんだよ」

「このあいだ明といっしょにハワイに行ったでしょ」

「ああ、海外旅行がきらいなぼくを強引に拉致《らち》してくれたんだよね、南の島に」

「あのとき思ったの。ああ、やっぱりハワイっていいなあ、って。それで、あのとき不動産会社の連絡先とか、いろいろ集めてたわけ」

「冗談じゃないよ。ハワイなんかにマンション買ってどうするんだよ。悪いけど、ハワイなんてもう二度と行かないぞ、ぼくは」

「悪いけど、誘わないから、明は。だって、きみにとっては生まれて初めてのハワイだったっていうのに、あんなにつまんなそうにしているんだもん」

「だから言ってるじゃないか。ぼくは外国も外国語もガイジンも苦手なんだって」

「外国人と言い直しなさい。ガイジンは不適切」

「その不適切な響きじゃないと、ぼくのガイジン恐怖症は表わせないんだよ。……それより、いったいいくら払ったんだ」

「あまり言いたくないんだよね。とにかく、無理して組んだローンが私の暮らしを圧迫してるのは事実。頭金わずかだったし」

「美枝子の貯金をはたいても、頭金にしかならなかったのか」

「そうよ。その代わりね、そのコンドの中でも格別に広いお部屋なの。眺めも最高だよ。ベランダに出たら水平線に沈んでいく夕陽を眺めていられるし」

「海の向こうに沈んでいく夕陽だったら、熱海でも見られるだろ」

「どうしてそういう夢のないこと言うのよ」

「どうしてそういう無駄遣いをするんだよ」

「いいじゃない、私が稼いだお金なんだから」

「全額一括払いして買ったときに言えよ、そのセリフは」

向井は大きなため息をついて、年上の恋人を見つめた。

「それで、いくらショートしてるんだよ」

「すっごく」

「すっごく、って、具体的にいくら」

「明が卒倒して病院に運ばれるくらい」

「カンベンしてくれよ」

向井は天井を仰いだ。

「だから、私に仕事を回してくれたらカンベンしてあげる」

「美枝子の言う『仕事を回す』って、けっきょく弁護士の守秘義務にそむいて情報を洩らせ、ってことだろ」

「そうよ。だってさ、こんどの話はものすっごく興味を惹くと思うんだよね。私の興味はもちろんだけど、国民的な関心を。現に、週刊誌とかテレビ局が追っかけてるでしょ、千石健志郎に関する意外な告発、ってニュースを」

「ああ、東都テレビ以外の局が必死にね」

「だからほかのライターにネタをとられたくないの。これを本にしたら、絶対売れるんだから。そしたらハワイのコンドミニアムのベランダ代ぐらい出るわ。もうね、私、本のタイトルまで決めてあるの」

美枝子はデスクの上に身を乗り出して、向井に顔を近づけた。

「『透視捜査官・千石健志郎の真実』……どう?」

2

「なるほどね」

向井は、それ以上の説明は不要、といった口調で言った。

「そのタイトルからして、美枝子の狙いはミエミエだね」

「シャレ?　それ」

「ダジャレと受け取ってもらってもかまわないけど、とにかく美枝子はわかりにくいようで、わかりやすい女だからな。つねに狙いはミエミエだよ。ミエミエの美枝子だ。今回のケースで言えば、千石健志郎の透視能力はインチキで、ひょっとしたら過去に自分自身が犯罪を犯していた男かもしれない。そのスーパーパワーの裏側に隠された黒い真実を、ノンフィクションライター長谷川美枝子があばく!」

「そうよ、そのとおり。いまの宣伝コピーに使えるかも」

「よしてくれよ」

向井は、宙を叩くように片手を振った。

「わかってるのか？　それは、訴訟代理人としてのぼくの立場を真っ向から否定することになるんだぞ」

「悪い？」

「悪いと言ったところで、あっさり引っ込む美枝子でないのは承知している。でも、今回はよけいなところに首を突っ込まないほうがいい」

「なんで？」

「千石健志郎の裏にはテレビ局がついている。東都テレビが」

「だから何なの」

「東テレは、自社の人気番組を支えるカリスマ捜査官のオーラが根底から消されてしまうことを嫌っている。だから、千石健志郎に関する暴露モノの出版計画には徹底的に牙《きば》をむいてくるはずだ。とくに『真実のレンズ』のプロデューサーの久住知恵は手強い」

「そのオバちゃんなら私だって知ってるわよ。テレビ業界じゃ、相当な有名人だってこともね。悪徳プロデューサーっていう肩書きは男の専売特許だったけれど、久住知恵は初の女性悪徳プロデューサーだって」

「わかってたら手を出さないでくれ。もしも長谷川美枝子が自分たちにとって敵だと判断したら、久住プロデューサーはどんな手を使っても美枝子を潰しにかかる。そうなったらハワイのローン完済は夢のまた夢だ」

「じゃあ明は悪に加担するのね」

「悪に加担？」

「向井明の弁護士活動を支えてきたのは、正義の追求じゃなかった？」

「そうだよ」

「でも、こんどは違うじゃない。インチキ霊能者の訴訟代理人に、向井明は指名されたわけだよね。皮肉にも、これまできみが積み重ねてきた数々の功績が評価されて」

「美枝子、勝手に決めつけないでくれ。千石氏は少なくともインチキ霊能者という部類の人間ではないよ」

「じゃ、彼の透視能力を明は保証するの？　本物だって、私に対して言い切れる？　なにかそれだけの現象を見た？」

「今回は千石氏の透視能力が本物か否かが問題なのではなく、三十年前に起きたふたつの出来事について、千石氏があたかも殺人を犯した張本人であるかのような噂をネット上で書き立てた人物に対して、名誉毀損を勝ち取ろうという訴訟なんだ」

「じゃ、その訴訟では、透視能力のあるなしを証明する必要はないってこと？」

「そのとおり。相手がなんら根拠もないまま千石健志郎氏を三十年前の連続殺人犯だと決めつけ、ネットの書き込みを通じて、千石氏の名誉を傷つけたということを立証すればじゅうぶんだ」

「ずる〜い！」

「なにがずるいんだ。少しもずるくなんかないさ」

向井は両の手のひらを上にむけて肩をすくめた。

「たしかに相手の女性は、千石氏の透視能力はインチキだということも書き立てている。けれども千石氏はそこを問題にして訴えるんじゃない。殺人犯よばわりに対する抗議なんだ。だから今回の訴訟には『オカルトか、科学か』という論争が介入する余地はない」

「それは、透視能力がインチキだと本人が承知しているから、そこの部分を避けて通るわけよね」

「ノーコメントだね」

「あ、そう。それなら本筋のところで、彼のウソを証明すればいいのね」

「本筋のところ、って？」

「千石健志郎は三十年前に人を殺していた、っていうところよ。ネットに書き込まれたその部分が事実だと証明すれば、名誉毀損訴訟で明たちの負けになるわけよね」

「な、なんだよ、それは」

向井は少しあわてた。

「ぼくの仕事を本気でジャマする気か」

「ジャマするんじゃないわ。とにかく法廷で勝てばいい弁護士さんとは違って、私は真実を世に問う仕事をしてるの」

「よく言うよ。ふだんは、ノンフィクションライターはそんなカッコいいものじゃない、正義の味方なんかじゃないんだ、って言ってるじゃないか」

「ご都合主義で申し訳ないけど、今回は長谷川美枝子、正義の味方路線でいきます」

美枝子は平然と言い放った。

「私は去年の暮れ、千石健志郎が出ている『真実のレンズ』を見てたわ。あの沼の底から彼が透視したとおりの遺体が出てきたときの放送をね。直感的にわかったわよ。あれには何かのトリックがある、って」

「どういうトリックだよ」

「千石健志郎自身が事件に関与していたからこそ、あそこまでピンポイントで当てられたと考えるのが自然よ。さもなければ、番組スタッフがどこかで失踪少女の遺体を見つけて、それをこっそり指定の場所に運んだ。いまや視聴率男となった透視捜査官・千石健志郎に新たな手柄を立てさせるために」

「バカバカしすぎるな、そんな仮説は」

向井は頭を激しく振った。

「テレビ局が死体遺棄の共犯者を演じるとでも思っているのか」

「絶対にそうではないとは言い切れないでしょ。少しでも可能性があるならば、そこを探ってみたいのよ」

「やめろって」

「やめないわ」

美枝子は椅子から立ち上がり、感情的に叫んだ。

「私はハワイのコンドミニアムのローンを払わなきゃならないのよ！　明こそ私の経済活動をジャマしないで！」

「無茶はよせって。わかったよ。ハワイの件でそんなに困ってるんだったら、ぼくがなんとか都合つけるよ！」

「またまた、口ばっかり」

「ほんとうだよ」

「都合をつけると言ったって、十万や二十万のお金じゃないのよ」

「それぐらいわかってるさ」

「百万や二百万でもないのよ」

「わかってるって。いったい何億あればいいんだ」

「億？　え？　億？」

耳を疑う、という表情できき返しながら、険しかった美枝子の表情が急にゆるんだ。

「あなた、いま『億』って言ったの？」

「そういうときだけ『あなた』かよ」

「いいから確認させて。百万とか一千万とかじゃなくて、億って言ったのね」

「ああ、そうだよ」

「ほんとうに私のために、そんなお金を用意してくれるの？」

「ただし、単位は円じゃなくて、デノミ前のジンバブエ・ドルだけど」

「バカッ！」

向井は、きれいに整えたオールバックの頭を、美枝子に思いきりひっぱたかれた。

3

こんどこういう訴訟を引き受けることになった、などと安易に美枝子に話すのではなかったと後悔しながら、向井明は翌日、二月四日の午後、東都テレビの久住知恵プロデューサーに呼び出され、都内の高級ホテルの一室に出向いた。初めて訴訟提起の当事者である千石健志郎と顔合わせするためだった。

指定された部屋をノックすると、久住知恵が中からドアを開けてくれた。そこはエグゼクティブフロアのセミスイートで、ベッドルームの手前にちょっとしたリビングがあり、そこに置かれた黒いテーブルに、すでにふたりの男が着席していた。

ひとりは名刺交換をするまで名前も顔も知らなかったが、もうひとりは、いまいろいろな意味で世間を騒がせている自称「透視捜査官」の千石健志郎であることが、向井にもすぐわかった。

千石は白髪まじりの長髪を後ろで束ね、トレードマークである正絹の黒作務衣をまとっていた。そして、もうひとりの男は東都テレビ制作部で『真実のレンズ』を担当しているディレクターの竹山章吾と名乗った。

挨拶が終わったところで、久住知恵も腰を下ろした。テーブルの長い一辺に竹山、千石、久住の順で座り、その向かい側の席に向井がひとりで座る形だった。

「向井先生もお忙しい方でしょうから、テキパキと話を進めましょうね。コーヒーはそこのポットにたくさん入ってますから、好きなだけお飲みになって」

向井に対して「お忙しいでしょうから」と言いながら、じつは自分がいちばん忙しいんだぞ、とアピールするせわしない口調で、久住は話を切り出した。

「概略は電話で話したとおりですけれど、要は、千石健志郎先生に対するデタラメな噂をふりまいている女をやっつけてほしい、ということなのね。名誉毀損で訴えて、有罪にしてやっててちょうだい、ってこと。もちろん慰謝料というのかしら、賠償金というのかしら、いわゆる迷惑料をたっぷりとっていただきたいところだけど、日本ってダメよねえ、安いのよねえ、名誉毀損の賠償金って。あんな基準じゃ、有名人は大変だわ。たとえ法廷闘争に勝っても、手にするお金が微々たるものじゃ、書かれ損ですものね」

　自分もその噂をまきちらすメディアの一員であることを棚に上げて、久住は週刊誌などの興味本位な報道をひとしきり批判した。

「でもね、向井先生、私たちの目的はお金をとることではないの。相手のやっていることがきわめて不当な犯罪行為だということを法的にきっちり証明する。それがいちばんの目的。そうすることによって、傷つけられた千石先生の名誉も挽回されるんですから」

「では、まず基本的な確認ですが」

　自分でポットのコーヒーをついでから、向井は言った。

「名誉毀損訴訟を起こすのは千石さん個人であって、東都テレビさんは関与しないんですね」

「関与はするわよお、関与は」

　隣に座る千石健志郎を見やりながら、久住が口をとがらせて答えた。

「千石先生は、私たちの大切な財産ですもの。番組としても局としても、全力を挙げてお守りするわ。だから向井先生への依頼も私がやったんじゃありませんか。そういえば向井先生、うちの法務の人間に評判がとってもよろしくってよ。前に何度か報道の者がお世話になったそうですわね」

「ええ、はい。……いや、まあ、それはさておき、私が確認しておきたいのは、訴状に原告として名前を出すのは千石健志郎さんだけなんですね、ということなんです。久住さんや局は、あくまで側面からの支援なんですね」

「そうです」

「わかりました。そして訴える相手は、つまり被告は、新宿堂出版に編集者として勤務している黛早苗、三十歳、ということですね。新宿堂出版そのものは訴訟の対象とはしないということでいいんですね」

「ええ、そりゃ雇用主としての責任はあるでしょうけど、あの子がネットに書き立ててきたことについて、新宿堂出版が社として関与していないのは間違いありませんから、そこまでは追及しませんわよ。それになんといっても、新宿堂さんとは共同で出版企画会社を興したばかりだし。……でね、向井先生。すでに電話でお伝えしたとおりなんですけど、もういちどサクッとおさらいしておきますと、こういうことなの」

久住知恵は、ほとんど相手に口をはさませぬ勢いで語りつづけた。

「事の発端は先月の十二日、新宿堂出版と共同でスタートさせる東テレブックス立ち上げの顔合わせの席で、千石先生の本の企画を持ち出したところ、向こうの編集部のメンバーで、失礼にも千石先生にいちゃもんをつける人間がふたりも出てきたこと。

ひとりは冴えないおっちゃんの編集者で、自分の妻が霊能者のお告げに振り回されたおかげで離婚になってしまったという個人的なエピソードを持ち出して、だから千石健志郎は信じられないと、こういう屁理屈をこねてきたのよ。インチキ霊能者と千石先生の科学的な透視能力とをいっしょくたにしているわけ。だから話にならないのね」

「はあ」

と、あいづちを打ちながら、長谷川美枝子も千石健志郎のことをインチキ霊能者扱いしていたな、と向井は思い出していた。

「まあ、その男はどうでもいいんだけど、問題はそれにつづいて発言を求めてきた黛早苗という女の子よ。女の子といったって、もう三十になっているらしいけど、なんか黒縁メガネをかけて、みるからにユーモアを理解しない、ギスギスした感じの女なの。その彼女が、自分を産んで三週間後に火事で亡くなった母親と――これが黛京子という名前ね――そのわずか三日後に自動車事故で崖から転落した父親――こちらは高嶋真彦《たかしままさひこ》というらしいけど――このふたりが、いずれも千石先生に殺されたと、突然会議の席で言い出したわけ。驚いたわ。ねえ、竹山、あんたも驚いたわね」

千石の肩越しに同意を求められた竹山は、急いでうなずいた。

「あの子、絶対おかしいわよね、ここが。ね、ね？」

久住が人差指で自分のこめかみを指すと、竹山はまたうなずいた。

その様子から、向井は久住プロデューサーの番組内におけるワンマンぶりを推し量ることができた。おそらくこの竹山というディレクターは、ほかのスタッフに対しては威張りくさっても、久住知恵の前では言うなりなのだろう、と。

「それでね、まあとりあえずその場はなんとか収めたんだけど、そのあとが大変だった。いったいどういうつもりなのか、黛早苗は自分のブログに、会議でわめいていたのと同じクレームを書きはじめた。自分の誕生直後に父母を襲った悲劇が、警察の怠慢な捜査によって事故扱いとなった不満をぶちまけ、千石先生こそがふたつの事件を引き起こした殺人犯だと、書き散らしたのよ。『テレビでおなじみの千石健志郎は、三十年前に連続殺人を犯していた。たとえ時効が成立していても、私の両親を殺した千石健志郎の罪を絶対に許さない』と」

「新宿堂出版は、部下のそうした行動に対して何か対応はとらなかったんですか」

「とりましたよ。っていうか、とらせましたよ、幹部を通じてね。ところがあの子はブログの記述を一向に削除しない。で、私はもう頭にきて、とりあえず千石先生の本はよそから出しますと言って、東テレブックスの企画から引き上げたの。向こうの小此木さんとか、ずいぶんあわててたわ。ね、竹山、あわててたわよね、あいつら」

「はい」

「それで黛早苗も、十日後の一月二十二日になって、ようやく問題の文章を削除したけど、手遅れよ。いまの時代ですもん、コピペっていうの？　いろんなサイトに彼女の書き込みが貼りつけられちゃって、おかげで千石先生を殺人者と名指しする文章は、いまもネットに出回りつづけている、と、こういうしだいよ」

「概略はよくわかりました。それで千石さん」

何から何まで自分で取り仕切ろうとする久住知恵を牽制するように、向井は真ん中に座る千石健志郎だけに視線を絞り込んだ。

「もういちど念のために、千石さん自身のお口からご返事をいただきたいのですが、訴訟の当事者は千石さん単独でよろしいんですね。東都テレビさんと共同ではなく」

「そうです」

「そして被告も黛早苗ひとりでいいんですね」

「はい。……ああ、いや……」

千石は、いったん即答してから口ごもった。

「そういうふうに念を押されますと、私もちょっと迷います」

「とおっしゃいますと？」

「訴える相手に、もうひとり加えておいたほうがよいような気がしてきました」

「誰です」

「黛早苗を陰で操っている人間がいるんです」

「あら、先生、それは初耳だわ」

また久住知恵が割り込んだ。

「陰の人物の存在は、透視なさったの？」

「いや……透視ではありませんが」

久住が「透視」という言葉を口にした瞬間、千石は向井の反応を気にするようにチラッと見た。それからつづけた。

「黛早苗は誕生直後の不幸な出来事で両親を相次いで失い、祖父母のもとに引き取られて育ちましたが、その祖父母も彼女が中学生のときに病死したんです。そのときに彼女の後見人といいましょうか、保護者代わりを名乗り出てきた男がいた。護堂修一《ごどうしゅういち》という名前で、大学時代に私や京子と親しかった同級生の男です」

「護堂修一さん、ですか」

向井は初めて登場した人物の名前を復唱した。

「では千石さん、ここで人間関係の整理もかねて、三十年前に何が起きたのか、改めて問題となっている出来事を語っていただけませんか」

「わかりました。おもな登場人物は四人ですが、向井先生に理解していただきやすいように、この紙に名前を書いておきます」

千石は、テーブルのトレイに載っていたホテルの便箋とボールペンを手元に引き寄せると、馬面のこわもてからは想像もつかないような、ボールペン習字のように整った字で四人の名前を書いた。

**黛京子**
**高嶋真彦**
**千石健志郎**
**護堂修一**

そして、その紙を向井のほうへくるりと向け直すと、千石は低い声で語りはじめた。
「私を含めたこの四人は同じ大学の同級生で、入学当初から同じ演劇部で活動をしていました。四人は非常に仲がよかったのですが、とりわけ私と高嶋真彦は親友といってもよい関係でした。その高嶋が、大学三年に進級する少し前、大学二年の三月でしたが、黛京子を妊娠させてしまったと私に打ち明けてきた……それがすべての発端です」

4

向井明が千石健志郎から詳しい話を聞きはじめていたころ——
定年退職から三年を経た元捜査一課刑事の春日敏雄は、荒川区東尾久《ひがしおぐ》八丁目の、隅田川沿いに建つ自宅玄関先で、下駄箱から古びた革靴を取り出しては脇に置き、また別の革靴を引っ張り出しては、また脇に置くということを繰り返していた。

「ちょっと、お父さん、なにやってるの。そこで靴屋でもはじめるつもり？」

長年連れ添った妻の由起子《ゆきこ》が台所から出てきてたずねた。

春日は六十三歳でもつやつやとした黒髪を誇っていたが、三つ年下で還暦を迎えた妻の由起子は、すっかり銀髪になっていた。それが、刑事の妻として苦労をかけつづけた結果であるということを、春日もわかっている。だから夫としては、茶色でも黒でもいいから白髪染めをしてほしかったが、由起子は「めんどうだからいやよ」と言って、銀髪のままでいた。

だから知らない人が見ると、はるか年上の姉さん女房だろうと思われる。それも春日は好きではなかった。それで夫婦で出歩くことを、もう十年も前から避けるようになっていた。自分が苦労をかけた「証拠品」といっしょに歩くのが落ち着かないからだ、と、気の置けぬ友人には打ち明けていた。

夫婦関係はそのように枯れた感じであったが、いまの春日はじつに自由で恵まれた環境にあるといってよかった。六十歳で退職したあと、二年ほど警備会社で働いていたが、昨年秋に腰を傷め、右足を引きずらないと歩けないようになり、その職を辞した。しかし、幸いにも同居している長男夫婦が山手線西日暮里《にしにっぽり》駅前に開いた居酒屋が大繁盛で、春日と由起子は、店の手伝いで忙しい嫁に代わって、幼い三人の孫の面倒をみるのが日課になっていた。

つまり長男夫婦の稼ぎにおんぶにだっこ、という形になってしまったわけで、六十三歳で事実上の隠居は早すぎると思ったが、長男から「お父さんはこれまで一生懸命働いてきてくれたんだから、もうゆっくりしていいよ。こんどはおれが一家を支える番だから」と、涙が出るほどやさしい言葉をかけてくれた。苦労してでも子どもを育ててよかった、と思った。そして、腰のぐあいが完治するまでは、遠慮なく息子の言葉に甘えようと思っていた。

だが——

昨年の暮れに『真実のレンズ』というテレビ番組で、千石健志郎という印象的な名前と印象的な顔立ちに三十年ぶりに出会ったとき、忘れかけていた刑事魂が急にむくむくと頭をもたげてくるのを春日は感じた。

忘れもしない早稲田に近い神田川沿いに建つアパートが全焼し、その焼け跡からひとりの女子学生が焼死体となって発見された出来事、そして三日後に、その恋人が群馬と長野の県境の峠から車ごと転落して死亡した出来事——そこに深く関わっていた千石健志郎という同級生の名前を、春日は決して記憶から消し去ることはなかった。

所轄署の捜査だけでは納得せず、警視庁捜査一課の刑事として、春日はその事件の捜査に加わった。というのも、その時期に火災事故を偽装した殺人が、警視庁管内でいくつか起きていたからである。しかし、あの学生は怪しい、という直感を抱きながら、けっきょく犯罪の証拠は見つけられなかった。

そして、たんなる石油ストーブ転倒による失火と、凍結した山道におけるハンドル操作ミスによる転落事故でふたつの出来事は片づけられてしまった。その不完全燃焼のモヤモヤ感は、三十年経ってもなお、心の底に澱《おり》のようにたまっていた。

とくに引っかかっていたのは、群馬県と長野県境の峠で起きた転落事故で、助手席に乗っていた千石が捜査陣に語った、高嶋真彦の罪の告白である。

高嶋は恋人をラジカセで殴りつけて昏倒させ、その拍子に石油ストーブが倒れて火災を引き起こしてしまった。だから京子はおれが殺したようなものだ、と泣きながら語ったという部分である。ところが焼け跡からはラジカセが見つからなかったために、高嶋の告白というよりも、それを聞いたとする千石の言い分じたいに信憑性《しんぴょうせい》がなくなった。

だが、けっきょくそのことが千石の犯行を示唆するところまではつながらず、捜査陣はふたつの出来事を刑事事件として扱うことを放棄した。

その捕らえそこなった学生が、三十年の時を経て「透視捜査官・千石健志郎」として目の前に現れたとき、春日の刑事魂が甦った。そしてことしに入り、さらに春日を刺激する出来事が起きた。千石健志郎は三十年前の連続殺人犯である、という告発を、ほかでもない、あのアパート火災の遺児である黛早苗がネットで展開しはじめたことである。

千石健志郎が高視聴率番組でカリスマ捜査官になっていたから、ネットの反響はすさまじいものがあった。だが、それによって捜査当局が当時の事件を洗い直す動きなど見せないことは、その組織にいた春日にはよくわかっていた。

コールドケースを再検討するという発想は、アメリカの捜査当局にはあっても日本には少ない。まして、凶悪殺人事件ならまだしも、ひとりの女子学生がアパートで焼死し、ひとりの男子学生が友人とともに崖から車で転落して死亡、といった「地味な」事故を、いまになって蒸し返すヒマも人手も警察にはないのだ。

だが、春日が怪しんだその学生が、よりによってコールドケースを解決する透視捜査官としてテレビに登場した。春日は、透視というオカルトめいたものを信じはしなかったが、その手法の真偽よりも、千石健志郎が未解決事件の真相究明に乗り出すカリスマ捜査官を演じているところに、彼の深層心理を見抜いた気がした。

(こいつは自分が未解決事件の主役になっているから、捜査の手から逃げている犯人の心理がよくわかるのだ。そして罪の意識が、彼に屈折した正義の使命感を与えている)

「ねえ、お父さんってば」

妻から重ねて呼びかけられて、ようやく春日は玄関にひざまずいた恰好から顔を上げた。

「うん？　なんだ」

「つぎからつぎに下駄箱から靴を出して、何をしてるのよ」

「ちょっと出かけるんだ。だから黒の革靴を探している」

「そこに出ているのは、みんな黒の革靴じゃない」

「これじゃなくて、もっと古いのだ」

「古いのって？」

「三十年前、おれが三十三歳のときに履いていた革靴だ」

「そんなの捨てました」

「ウソだろう！」

「ウソですよ」

　気色ばむ夫を見下ろして、由起子はあきれ顔で言った。

「お父さんは、なんでもかんでも『とっとく、とっとく』って言って、絶対に捨てないんだから」

「あたりまえだ。とくに刑事の革靴は、それじたいが勲章のようなものなんだから、墓場まで持っていくんだ」

「はいはい。そういうセリフも百ぺん以上聞きました。昔のぶんは下駄箱じゃなくて、ちゃんと押し入れにしまってありますよ。一足ずつ箱に入れて、ふたには『敏雄三十七歳〜

三十九歳』とか『敏雄四十五歳〜四十八歳』とか、履いていた期間も、まあていねいに自分で書いて仕分けしてたじゃないの」

「ああ、そうだった。刑事をやめてから、靴にはこだわらなくなったからな、しまっておいた場所をすっかり忘れていた」

「十足も二十足も履きふるしをとっておいて、ぜんぶ墓場まで持っていくといったって、お棺に入り切りませんよ」

「わかってるさ。そのうち、どの一足にするかを決めておく」

「どの一足、って？」

「おれが三途の川を渡るときは、決まりもののワラジじゃなくて、刑事時代に履いていた靴にしてくれ」

「はいはい、お好きにどうぞ」

由起子は、春日の『遺言』を右の耳から左の耳へと聞き流した。

「じゃあ、由起子、また家の中に上がるのは面倒だから、おれが三十三歳のときに履いていた靴を出してきてくれ。同じ時期のものが何足かあるだろうが、右のつま先に大きなひっかき傷がついてるやつだ」

「そんなものをいまさら引っ張り出してどうするのよ」

「履くんだよ」

「履く？　そんな古いときの靴を履いて出かけるの？」

「足は小さくも大きくもならないからな」

「なんで、そんな昔のものにこだわるのよ。去年買った新しい靴にしておけばいいでしょう。そこに出てるやつに」

「こだわりだ」

眉間にシワを寄せて、春日は言った。

「あのときの靴を履いて、もう一度やり直すんだ」

「あのとき、って？」

「いいから持ってこい」

しだいに春日は不機嫌なモードになっていった。三十年前の自分は、何かを見落としていたからこそ、殺人事件を事故で片づけてしまう流れに逆らえなかった。ところが、当時はまだ生後三週間にすぎなかった遺児の黛早苗が、突然の告発をはじめたのだ。

もちろん本人自身には記憶もないときの出来事だ。しかし、なにかの根拠があるからこそ、名誉毀損になりかねないネットでの中傷をはじめたに違いなかった。それは、まるで捜査陣のひとりだった春日の無能を叱責《しっせき》するような行動にも感じられ、春日は無性に自分に腹を立てていた。

「はい、これでいいのよね」

妻の由起子が、古びた箱ごと一足の靴を持ってきた。

「そうだ。これだ、これだ」

うなずきながら、春日は表面の一部にカビを生じている黒の革靴をいとおしそうに取り出した。右足のほうには、つま先の部分に大きな線状の傷が入っている。女子大生・黛京子が焼死した現場を検証する際に、焼け跡でクギを引っかけたときの跡だった。

その傷跡を、春日はそっと人差指でなぞった。

（あのときのおれは若かった。若かったぶん、体力はあったが、人間の観察力がまだ未熟だった。だから悪人を逃してしまった。いまは体力は衰えたし、視力も衰えたが、積み重ねてきた人生というものがある。三十年の人生で人間を見つめつづけてきた蓄積がある。だから、こんどは見落としはしない。絶対に……）

「それで、お父さん」

妻が問いかけた。

「いったい、どこにいくの」

「捜査だ」

「捜査？」

「事件の捜査だ」

「なに言ってるのよ。お父さん、ボケたんじゃないでしょうね。あなたはもう刑事をやめたのよ、三年前に」

「ンなこたァわかってる！」

ぶっきらぼうに言い放つと、春日は上《あ》がり框《かまち》に腰を下ろし、三十年前の靴を履きはじめた。刑事のときの現場感覚が、まず足に戻ってきた。

# 第四章 三つのアプローチ

## 1

「いまと違って、当時は学生の身分で結婚もしないうちから妊娠だなんてとんでもない、という世間の厳しい視線がありました。ですから、こうした状況に置かれた当事者は、なかなか周囲に打ち明ける勇気が出なかった」

都心のホテルの一室では、千石健志郎の告白がつづいていた。

「高嶋も悩みに悩んだ末に、親友の私にやっとの思いで相談を持ちかけてきたようです。京子を妊娠させてしまったけど、どうしよう、と……。その言葉に、私は心底驚きました。非常に激しいショックを受けました。と言いますのも……」

千石は、後ろで束ねた長髪を片手でいじってから、大きな目をぎょろりと動かした。

「私も京子に恋をしていたからです。それだけではない。じつは私も京子と関係を持っていたからです」

その告白に、久住知恵と竹山章吾が目を丸くした。明らかに彼らにとっては初耳の情報だった。

「高嶋はその事実を知らずに、京子のお腹の中にいる子どもの父親は百パーセント自分だと疑いもせずに悩み、そして疑いもせずに私に相談をしてきたのです。いったいどうしたらいいだろうか、と」

「ちょっと、先生」

久住があわてて問い質した。

「私、そんなところまでは聞いていないわよ。まさか先生……まさかアレってことはないわよね。先生を殺人犯よばわりしている黛早苗の父親は、自動車の転落事故で死んだ高嶋真彦という同級生じゃなくて、じつは千石先生だなんていうことはないでしょうね」

「………」

「先生、なんで黙ってるの。その可能性があるの？　それとも実際にそうなの？」

「………」

千石がなおも黙りこくるので久住は焦り、竹山はますますあっけにとられた表情で千石を見つめていた。

そこで向井がたずねた。

「もしも千石さんがほんとうの父親だったとしたら、あなたは実の娘さんを名誉毀損で訴えようとなさっていることになりますが」

「……」

「そして彼女のほうも、父親かもしれない人物を、人殺しだとネットで糾弾したことになりますが、いったい事実はどうなんです。実際の親子関係を、DNAや血液型で確かめられたことはないんですか」

「ないです」

ようやく千石は口を開いた。

「DNA鑑定なんて実用化の端緒にもついていなかった時代ですから。ただ、当然のことながら、高嶋から京子が妊娠したという話を聞かされたとき、もしかしてそれは自分の子どもかもしれない、という考えがとっさに頭をよぎり、私は身体が冷たくなるのを感じました。そして、いずれ生まれてくる子どもの血液型で、どちらが父親なのかを判断することになるのか、と、未来への恐怖が襲いかかってきたのです」

「するとアレなのね」

久住知恵が眉をひそめた。

「奥さん……じゃなくて、同級生の女子学生は、あなたとあなたの親友の二股をかけていたということなのね」

「いや、違います。そうではないんです」

テレビに自信満々の態度で出演するときの姿からは想像もできないほど、千石健志郎は精神的な動揺をみせていた。いつのまにか額には玉の汗が浮かんでいた。

「亡くなった京子の名誉のために言いますが、彼女は誰にでも身体を許すような女性ではありませんでした」

「でも、実際にふたりの同級生と関係を持ったわけでしょう？　その結果、どちらの子どもかわからない、父親不明の赤ちゃんを孕《はら》んでしまったということでしょう？　そして、やがて女の子が誕生した。それが黛早苗だということよね」

久住は、新宿堂出版の女性編集者が、そういう性的道徳観の低い母親から生まれてきたことを強調したがっているようにみえた。だが千石は、久住の言葉に激しく首を左右に振った。しかし、すぐに言葉で反論をしようとはしなかった。

向井はその沈黙の理由について、ひょっとしたらと思う推測があった。だが、それを切り出すのはまだ早いと思い、もう少し血液型の問題にこだわってみることにした。

「千石さん、あなたはいま『いずれ生まれてくる子どもの血液型で、どちらが父親なのかを判断することになる』とおっしゃいました。そして、その結果が怖いと」

「はい」

「どちらのケースが怖かったんですか」

「どちらもです」

千石は伏し目がちになった。

「私の子どもだとわかれば、親友へのひどい裏切りがわかる。けれども高嶋の子どもだとわかれば、自分の嫉妬心がどんな形で暴走するかわかりませんでした。私はどうしても京子を自分の女にしたかった。だから高嶋に圧倒的な差をつけられていたとしても、なんとか逆転したいと考えていた。でも、子どもまでできてしまっては……」

「ちなみに千石さんは、いまはご家族は」

「おります。結婚十五年になる妻と、小学生の娘がふたり」

「そうですか……」

向井は、千石が透視捜査官としてテレビに登場する前の履歴もたずねておかねばと思ったが、まずは黛早苗の父親が誰であるかという問題に焦点を絞った。

「それで、結果はどうだったんですか。生まれてきた子の血液型は」

「B型だったそうです」

「その情報はどこから」

「高嶋が教えてくれました」

「なるほど……。生まれてきた女の子に『早苗』と名付けたのは誰なんです」

「京子です」

「そうですか。ところで関係者の血液型なんですが、母親となった京子さんの血液型も含めて、誰がどうだったのか教えていただけますか」

「はい。学生のころ認識している血液型など、いたって単純なものです。いわゆるABO式ですが、AAとAO、BBとBOの区別すら知らず、表現型としての四種類――AかBかOかABかという区別がわかっていただけです」

千石は久住の視線を避けるようにして、向井の目だけを見て話した。

「私がA型で、高嶋がB型、そして京子がAB型でした。京子が血液型占いに凝っていたものですから、自然と誰が何型という話題が出て、おたがいに承知していました」

「もうひとりも教えてください。今回、あなたが訴える相手に含めようと考えておられる護堂さんの血液型を」

「彼はABです。AB型はいちばん少ない血液型なのに、いつもいっしょにいる四人のうちふたりが――京子と護堂がAB型なんてめずらしいな、という話をしたものです」

「たしかに確率的にはめずらしいですね」

と答えながら、向井は便箋の余白にA・B・O・ABの組み合わせ表を作った。

ひょっとしたら、護堂という男もまた「マドンナ」である黛京子と関係を持っていたかもしれないので、三人の男たちすべてについて、黛早苗の父親となる可能性をABO式血液型において検討してみようとした。

「しかし、これは……」

　向井はボールペンを置いて苦笑した。

「まいりましたね。すべての可能性がある」

2

「仮に黛早苗さんがBB型のBであれば、A型の千石さんは除外されますが、B型の高嶋さんとAB型の護堂さんは父親になりうる」

　向井は、自分の作った組み合わせ表を三人に見せながら言った。

「しかし早苗さんがBO型のBだったら、こんどは護堂さんは除外され、A型の千石さんとB型の高嶋さんは、それぞれがAO、BOのタイプであった場合に、AB型の母親との組み合わせにおいてBO型の子どもができます」

「おっしゃるとおりです」

　すでにそこまでは自分でも検討済みという表情で、千石はうなずいた。

「その後の血液検査で、私はAO型のAであることがわかっています。しかし高嶋がどちらのタイプのB型なのかまではわからない。彼の両親もとっくに亡くなっていますから。でもハッキリ言えることは、早苗がBO型のBであるなら、私が父親である可能性は残っています」

「でも、生まれてきた早苗さんはB型であるという以上の情報を、あなたは持たないわけですね。現時点でも」

「そうです」

するとと、久住知恵がまた横から口を出した。

「いまならDNA鑑定という、より確実な親子関係の判定方法があるじゃないの。それをやってしまいなさいよ、先生」

「いや、そのためには早苗さんの了解が必要です」

向井が言った。

「これは犯罪の捜査ではありませんから、早苗さんの了解なしにDNA鑑定のための試料を採取するわけにはいきません。また、今回起こそうとしている訴訟は、名誉毀損であって、親子関係の真実を争うものではないので、裁判の過程でDNA鑑定をこちらから要求する展開にもなりにくい。ところで……」

向井は便箋に書かれた四人の名前のひとつを、ボールペンの尻で指し示した。

「この護堂修一という男性が、いまは早苗さんの後見人のような立場にいるとおっしゃいましたね。そしてこの人が、あなたを殺人犯だとする早苗さんの書き込みの背後にいるというふうに」

「はい」

「そう考えるいきさつも、これからうかがおうかと思いますが——護堂さんも早苗さんの父親である可能性があるんじゃないんですか」

「いや、それはないと思います」

千石はきっぱりと言った。

「護堂が早苗の父親である可能性はない」

「なぜそう言い切れるのですか」

「たしかに黛京子はとても魅力的な女でしたから、私や高嶋だけでなく、護堂が好意を寄せていた可能性も大いにあります。けれども、それが京子との肉体的な結びつきに至ることは絶対になかったと断言できます」

「どうしてですか。護堂さんは性的な機能に問題があったんですか」

「護堂の問題ではありません。京子という女を知っているからこそ、ありえないと断言できるんです」

「おっしゃっている意味がよくわかりませんが」

「いま久住さんが、京子のことを、あたかも誰とでも寝るような女だと受け止められましたね。しかし現実はその逆でした。彼女が愛していたのは高嶋ひとりであることは、誰よりもこの私がいちばんよく知っていました。なぜなら、ある晩、京子のアパートを訪れた私が彼女への愛を告白したときに、そう言われたからです」

久住と竹山に両側から見つめられながら、千石健志郎は軽く目を閉じた。そして、目を閉じたまま語りつづけた。

「私には高嶋さんしかいないの、と京子は言いました。そして、おたがいに大学を卒業したら結婚する約束までしていると……。衝撃でした。高嶋が私に黙って、そこまで京子との関係を深めているとは思いもよりませんでした。それを聞いた瞬間、私は」

向井は、ああ、やはり自分の直感が当たったと思った。誰とでも寝るようなだらしない人間ではない女性が、しかしふたりの男と妊娠の可能性を持ったとすれば、それは少なくともひとりの男性は強引に、レイプ同然に彼女の身体を奪ったからではないか、と、向井は感じていたのだ。

そして、その推測が当たっていたことを千石が告げた。

「私は京子に襲いかかりました。まさに、襲いかかるという表現がぴったりの行動でした。そのとき私を突き動かしていたものは、性欲だけではありませんでした。言いようのない怒りが私をそうさせたのです」

千石の頬が軽く何度か痙攣《けいれん》した。

「私は、がむしゃらに抵抗する京子の中に、こちらもがむしゃらに入っていきました。高嶋だけの京子でいるのが許せなかったからです。それはセックスというよりも、復讐という行為に近かったと思います」

久住知恵が口に片手を当てて、驚きの言葉を呑み込んでいた。

竹山章吾は、ただただ唖然《あぜん》とした顔で透視捜査官を見つめていた。

3

向井明が千石健志郎の過去を聞き出し、元刑事の春日敏雄が三十年前に履いていた靴で家を出たころ、長谷川美枝子は向井よりも一足先に、透視捜査官・千石健志郎のプロフィール調査にとりかかっていた。

ここ十年ぐらいの出来事であれば、インターネットで千石健志郎の名前を検索して、そこから彼のあゆみを探り当てる方法もあったが、三十年前どころか、彼が生まれた五十一年前からの個人史は、ネットでつかめるような代物ではない。

だが美枝子は、まるで千石健志郎の伝記執筆を依頼されたライターのような気持ちで、彼の誕生からの歴史を追おうと決めていた。

さらにそれと並行して、東都テレビの人気番組『真実のレンズ』で、彼がいつごろからその「透視能力」を発揮しはじめたのかという、カリスマ誕生のプロセスも取材することにした。

美枝子は、昨年暮れの第十回放送で、千石が透視した場所から行方不明少女の遺体が発見されたという出来事は、絶対に心霊現象ではないと確信していた。

美枝子は心霊現象を百パーセント否定する人間ではなかった。そうした現象が存在しうる余地があることは認めていた。しかし、世の中にはあまりにもニセ霊能者が横行していた。それというのも、「霊」という言葉を耳にしただけで萎縮し、「あなたは霊に取り憑かれている」と言われただけで、恐怖のあまり自動的に催眠効果に陥ってしまう人間があまりにも多すぎたからだ。

だからその金縛り効果を悪用して、あたかも万能の霊能者、あるいは神であるかのようなふるまいをしていい気分になる詐欺師が跋扈《ばっこ》し、たやすく金を稼ぐ下地がある。それだけではなく、そのインチキ霊能者を人にすすめることで、自分自身も同様の権威を身にまとったかのようにふるまう便乗者が、この詐欺の輪を広げていくのだ。

いつか美枝子は、そうしたいわゆる霊感商売の悪行もテーマにしてみたいとは思っていたが、悲しいかな、いまの日本では、あやしげな心霊現象を肯定するほうの本が売れ、まじめにそれを否定しようとする本は見向きもされない傾向がある。

それは、いかに現実を直視することを避けたがる人が多いかという証左でもあった。

ともかく千石健志郎の透視捜査にも、どこかにトリックがあるはずだと、美枝子は決め込んでいた。決して彼に特殊能力が備わっているのではない、と。

これが沼の底から自動車を出すというような行為だったら、誰もがトリックを疑うところだが、出てきたのが少女の白骨化した遺体だけに、まさか遺体を手品の道具には使わないだろうという思い込みから心霊現象が成立している——美枝子は、そうした心理トリックを千石が巧みに操っているのだと思った。

では、いったいどのようにして千石健志郎は、少女の遺体が「この沼」の「ここ」に沈んでいると、ピンポイントで当てられたのだろうか。

論理的に考えられる可能性は三つしかない。

第一は、千石健志郎と東都テレビが失踪少女の家族などから得た情報をもとに、理詰めで推理していったらあの場所にたどり着いた、というケース。だが、そんなことはできっこない、と美枝子は、その仮説を即座に却下した。

第二は、誰かから極秘情報を得て、それをもとに場所を特定した、というケース。これは大いにありうる話だった。

第三は、向井明にバカな想像はしないでくれと叱られたが、テレビ局もしくは千石健志郎自身が、自分であの場所に少女の遺体を沈めた、というケースだ。

これにはふたつの場合が考えられた。どこか別の場所で偶然発見した遺体を、劇的な演出のために、あの場所にもってきて沈めた場合。しかし、テレビ番組のためにそこまでリスクの大きい、しかもモラルに反する非常識な行為をする人間がいるとは思えなかった。

むしろ、最もありうるのは千石健志郎の自作自演だ。千石自身が少女を殺して沼に沈め、そして自分でその場所を当てるのだ。すでに、それ以前の放送で容疑者の自殺場所を千石が言い当てたとき、警察は自作自演を疑って千石を取り調べたが、このときは彼のアリバイが明確で疑いは晴れた。

だが、今回はどうなのか？

そんなことを考えながら、長谷川美枝子は新宿副都心に向かっていた。副都心の超高層ビル群のひとつに、東都テレビ本社がある。しかし、彼女がめざすのは東都テレビではない。超高層ビルの谷間に沈み込むようにして建つ地味な雑居ビルが「アポなし取材」でめざすターゲットだった。

協和映像──雑居ビルの一階と二階に入居しているその小さなプロダクションが、東都テレビの人気番組『真実のレンズ』を制作する外注プロダクションのさらに下請け、いわゆる「孫請け」プロダクションであることを調べ上げた美枝子は、まずそこを突破口に選んだ。

下請けの下請けならセキュリティーも甘いし、人の口もゆるい。そういう計算をしての選択だった。

4

「では……」

少しの沈黙がつづいたのち、向井が千石にたずねた。

「あなたが高嶋さんから京子さんを妊娠させたと相談されたとき、激しいショックを受けたというのは、そこに相当複雑な心境があったからなんですね」

「もちろんです」

千石は閉じていた目を開け、静かにうなずいた。

「京子は当然、私との出来事を高嶋に黙っていました。だから何も知らない高嶋は、私を信じて、重大な悩みを真っ先に相談してきたのです」

「高嶋さんの問題であると同時に、あなた自身の問題でもあったわけですね」

「ええ、そのとおりです。正直に申し上げますが、当時の私には、女性の立場というものへの配慮がまったくありませんでした。レイプ同然に京子を襲っておきながら、その行為が妊娠という結果を引き起こすかもしれないとは、これっぽっちも考えていませんでした」

千石の隣で、久住知恵が天井を仰いだ。

「そうしますと、高嶋さんから京子さんの妊娠という事実を打ち明けられたとき、あなたは日数計算をして、自分の子どもの可能性もあると考えられたんですか」

「いいえ。大学生の私に、そんな産婦人科みたいな知識があるはずもありませんし、京子の生理のサイクルを知っているような関係ではありませんでした。私は、もっと即物的な確認方法をとりました。高嶋にきいたんです。いったい、いつ京子と関係をもったのか、と。すると……なんと彼が京子と初めて結ばれたのは、私が京子を襲う三日前でした」

「しかし、高嶋さんと京子さんのあいだでは、その日以外の交渉もあったのでは？」

「ないそうです。三十年前は、いまの若者とは性の観念が大きく違います。おまけに我々は、当時の若者の感覚からいっても、格別にうぶなほうだったと思います。高嶋もその例外ではありませんでした。彼は京子との愛を大切にしたいと思うからこそ、彼女を性の対象としてみてはいないのだという意味で、一度身体を許してくれたら、じゃあ、明日も明後日も、というふうには考えなかったんだそうです」

「三日違いでは、どちらの子どもであってもおかしくありませんね」

「はい」

「それで、あなたは高嶋さんにどんなアドバイスをしたんですか」

「堕ろしたほうがいいだろう、と言いました」

「堕ろしたほうがいい？」

反射的に問い質したのは、プロデューサーの久住だった。

「先生は、なぜそんなアドバイスをなさったの」

「さっき申し上げたとおりです。子どもが生まれてからの展開が恐ろしかったのです。そういう意味では、利己的な自己防衛から出た忠告でした」

千石は自らを軽蔑するような口調で吐き捨てた。

「私の子どもなのか高嶋の子どもなのかわからない状況で出産することは、京子にとっても不幸だし、生まれてくる子にとっても不幸だし、もしもその子が血液型からみて高嶋の子ではありえないという状況になったり、あるいはどこからみても私似の子どもだったときの修羅場が怖かったからです」

「でも……」

向井がきいた。

「そんな理由からアドバイスしているとは、高嶋さんには言えませんよね」

「もちろんです。ですから一般論として、まだふたりとも学生なのに、子どもを育てるのはいくらなんでも早すぎるのではないか、と言いました」

「その意見に対して、高嶋さんは、どう答えたんですか」

「妊娠を聞かされて、非常に精神的に動揺している、と高嶋は青ざめた顔で言いました。彼も私と同じように、たった一回の関係で相手があっさり妊娠してしまうとは思わなかったようです」

「たった一回じゃなくて、二回じゃないの？」

久住が遠慮のない口調で突っ込んだ。

「高嶋さんと千石先生と、合わせて二回でしょ」

「まあ、そうですが……」

「そのあとを聞かせてちょうだい。ふたりでどんな話し合いをしたのか」

「私は自分のことをすっかり棚に上げて……いや、ちがいますね、自分自身がまったく同じ立場に置かれてしまったからこそ、私は高嶋の気持ちがよくわかった。だからこそ、彼のホンネに響く意見を言うことができたんだと思います。私はこう言いました。『おまえは京子を愛しているのであって、自分たちの子どもを愛するところまでは心の準備ができていないよな』と。さらにこうも言いました。『おまえは彼女と結婚したがっているんだろうけど、それは愛する人を独占する目的であって、まさか子どもを囲んだ一家団らんを夢見て結婚を望んだわけじゃないだろう？』と。すると高嶋はポツンとつぶやきました。『よくおれの気持ちがわかるな、千石は。さすがに友だちだよ』……。その言葉を聞いて、私は気が咎《とが》めました。自己嫌悪に陥りました」

千石は苦い顔で言った。

「数日後、高嶋は京子に会って、子どもは堕ろしてくれと頼みました。京子からすれば、高嶋からそんな答えが返ってくるとは思わなかったでしょう。でも彼女は、『私は絶対に産む。どんなことがあっても堕ろさない』と、高嶋を睨みつけるように言ったそうです」

　千石は深いため息を洩らしてから、さらにつづけた。

「きっと京子は、男という生き物が信じられなくなったと思います。男の愛とは性欲であって、女の京子が考えている愛とは別の種類の感情だと悟ったのではないでしょうか。そして、男にとっては、必ずしも赤ん坊が幸せの象徴ではないのだと知り、絶望感に襲われたと思います」

「そのあとは、どうなりました。あなたたち仲間の関係は」

「最悪です」

　向井の質問に対し、千石は片手で両眼を揉むようにしながら答えた。

「京子は、私とは一切口を利いてくれなくなりました。私は、高嶋や護堂にその不自然さを感づかれないかとヒヤヒヤしていましたが、そうなる前に、京子は春休みが明けて三年に進級したのを機に、演劇部を辞めました。そして高嶋のことも明確に避けるようになりました。ただ、直接利害のない護堂とは会っていたようです。護堂は否定しましたが、京子の相談相手になっていたのは間違いないと思います」

「京子さんの妊娠に周囲が気づいたのは、いつごろなんですか」

「途中に長い夏休みが入っていたので、気づかれるのは遅かったです。でも休み明けになると、彼女は自分から周囲に宣言したのです。私は子どもを産みます、と。もちろん、学内は大騒ぎになりました」

「誰の子どもを、と言ったんですか」

「京子は『父親はいません』と言いました。『父親が誰かは言えない』ではなく『父親はいません』という言い方は、高嶋にとっても、私にとっても、きついひと言でした」

「学内で京子さんの父親は誰なんだと、いろいろ噂が立ったでしょう」

「『いろいろ』ではありません。みんながみんな、京子の腹の子どもは、高嶋とのあいだにできたと信じていました。京子の友人たちがその推理を積極的にばらまいたせいもあって、高嶋以外の父親候補が噂にのぼることは一切ありませんでした。それに高嶋も否定をしなかったですし」

「では、あなたが京子さんをレイプ同然に犯した事実を知っている人間は」

「いません。当事者のふたり以外には」

「京子さんが誰か友だちに相談したことは考えられませんか」

「彼女の性格からいえば、たとえ親友であっても、自分がみじめになるような出来事を打ち明けることはないと思います。それに、もし誰かが知っていたら、必ず私に非難が向けられたはずです」

「では、あなたの行為はほんとうにふたりきりの秘密だったと」

「はい」

「警察の事情聴取でも言わなかったんですね」

「そうです。いま初めて、京子以外の人に話しました」

「どうしていまになって、その秘密を私たちに話したんです」

「いつかは、誰かに打ち明けねばならないと思っていました」

千石の声が、少し揺らいだ。

「卑怯な自分を抱えているのがつらかったから、いつかは告白をせねば、と……」

千石のその言葉を、セミスイートのテーブルについたほかの三人は、重苦しい沈黙で受け止めた。

5

「それで、京子さんが女児を出産したのは……」

いまや聞き手は向井だけになっていた。

「十月の何日でしたっけ」

「二十三日です」

「それは病院で？」

「ええ。同級生の女の子に、実家が産婦人科を営んでいるところがありまして、そこで出産したと聞かされました。たぶん、費用なども都合してくれたんでしょう」

「彼女の親御さんは」

「私もあとで知ったのですが、いよいよ出産という段階に至っても、京子は奈良の実家に妊娠を知らせていなかったんです。さらに病院から退院しても、出産の事実を親に伝えませんでした。彼女は父親不詳の子どもに早苗と名付け、出生届も出しましたが、実家はそのことに気づいていませんでした。ですから彼女の両親は、娘の悲劇と同時に、娘が出産していた事実を知らされるというダブルショックに見舞われたんです」

その話に、久住は両親の苦悩を代わりに受け止めたかのように、目を閉じて眉間《みけん》に深いシワを刻んだ。

「千石さんの想像でかまわないんですが」

向井はテーブルの上で両手の指を組み合わせてきいた。

「京子さんは、どっちのほうだと考えていたと思いますか」

「ご質問の意味がわかりませんが」

「出産から悲劇の死にいたるまで三週間ありました。母親として三週間、我が子を見つめていれば、父親がどちらかは感覚的にわかったのではないかと思うのですが」

「たぶん、そうでしょうね」

苦しそうな表情で、千石はうなずいた。

「しかし、たとえ彼女にその見当がついたとしても、いったいそれを誰に話す意味があるでしょうか」

「では、いまのあなたはどうです」

「いまの私？」

「血液型はB型ということしかわかっていなくても、自分の血のつながった子かどうか、三十歳の女性に成長した早苗さんをみれば、千石さんには判別がつくはずですよね」

「……………」

「もしかすると自分の娘かもしれない女性を名誉毀損で訴えようとしているわけですから、あなたは絶対に確認をしているはずですよね。黛早苗さんの顔を」

「私は彼女に直接会ったことがないのです」

「会ったことがなくても、いまの時代、インターネットがありますよ。現にこの私でさえ、千石さんの訴訟代理人を引き受けるにあたり、黛早苗という名前を検索しました。そしてその結果、新宿堂出版の編集者として政治家をインタビューしているときの写真など何点かを見ることができました。あなたがこれまでにそういう確認をしていないとは、心理的に考えにくいのですが」

「……………」

「ついでに申し上げるなら、これはあくまで私の印象ですが、早苗さんには千石さんの面影が微《かす》かにですが、みてとれるような気がするんですけれど」

「……」

「だとしたら、早苗さんもテレビに出ているあなたを見て、同じ印象を持っているかもしれませんね」

「私にはわからない」

千石は後ろで束ねた長髪を揺らしながら、激しく首を振った。

「DNA鑑定もしていない段階で、私には何も言えない！」

「ねえ、千石先生」

プロデューサーの久住知恵が、カリスマ透視捜査官の腕に自分の手を置いた。

「あなた、訴訟はやめたほうがいいわ」

千石が身体の向きを変え、キッとした目で隣に座るプロデューサーを見た。その視線を、久住は跳ね返すように、また睨み返した。

「もう彼女のほうもネットへの書き込みはやめたのよ。そりゃたしかに、本人が消しても無数のコピーはネット上に残っているわ。それぞれが自分のパソコンに保存したものは、永遠に消すこともできない。けれども、千石健志郎叩きのピークは過ぎたのよ。つぎからつぎに新しいスキャンダルが沸いているいまの時代、ちょっと前の出来事なんて、みんな忘れてしまうものよ。ここで名誉毀損訴訟を起こしたら、寝た子を起こすようなものだわ。……ね、竹山、あんたもそう思うわね」

「はい、そう思います」

「どう？　向井先生はどう思う？」

本人よりも積極的に名誉毀損訴訟を起こそうとしていた久住知恵が、急に逃げ腰になっていた。それはおそらく、千石健志郎の人間性に疑問を抱きはじめたからに違いない、と向井は推察した。だが向井には、たとえ訴訟をとりやめにするにしても、確かめておきたい点がまだいくつもあった。

「私の見解を申し上げる前に、まだ千石さんから説明がなされていない部分をお聞かせいただけないでしょうか」

「どんなことです」

千石は久住を睨んだまま、向井にきき返した。

「ぜんぶで三つ、いや四つ……いいえ、五つですね。五つあります。第一は、あなたが黛早苗さんを名誉毀損で訴えることにこだわる真の理由は何か。第二は、かつての仲間であり、早苗さんの後見人を務めてきた護堂修一さんも訴訟の対象としようとする理由は何か。第三は、三十年前の火災の状況について、あなたが知るかぎりの詳しい状況を語っていただきたい。第四は、高嶋さんからその火災は自分の責任だと打ち明けられたとき、彼がどのような内容の告白をしたのか。そして第五は、高嶋さんがハンドルを握り、あなたが助手席に乗った状態で崖から転落した事故は、いったいどのようにして起きたのか——これら五つをきちんと話していただいたうえで、名誉毀損訴訟を起こすのが妥当かどうか、それを判断したいと思うのですが」

すると、千石が答えるまえに、久住プロデューサーが勢いよく立ち上がって言った。

「もういいわ。やめましょう、こんな危なっかしい訴訟」

「危なっかしいとは？」

向井が問い質したが、久住はうるさそうに片手を振るだけで答えなかった。そして、部下のディレクターをうながした。

「竹山、帰るわよ」

竹山は反射的に立ち上がったが、千石は真ん中の席に座ったままだった。

「あのね、向井先生、ひとつ申し上げておくわ」

部屋のドアまで歩いていく途中で、久住知恵はふり返って言った。

「この裁判はね、たしかに原告は千石先生かもしれないけれど、やろうと決断したのは東都テレビです。この私です。なぜなら、ウチの番組にとって、千石先生はなくてはならない方だから。だから訴訟に必要なお金も、ウチの局で立て替えるつもりでした。でも、この話はもうないわ。悪いけど、訴訟はありません。もしもおふたりの話がつづくんだったら、このお部屋は明日のチェックアウトまでどうぞご自由に。なんだったら、ルームサービスも好きなようにおとりになって。支払いは、うちに請求書が回ることになっているから。ただし、話し合いの結果、訴訟続行となった場合は、千石先生、すべてご自身でお支払いくださいませね。このホテル代も、その後の裁判費用もすべて」

「久住さん」

千石が座ったまま、久住のほうへ身体をひねってたずねた。

「なぜ、あなたは急にそんなふうに態度を変えるんです」

「あら、わからない？」

五十二歳のベテランプロデューサーは、クイッと眉毛を吊り上げた。

「ハッキリ言いましょうか。千石先生という人が、ウチの局が全面支援でお守りするにふさわしい方なのかどうか、わからなくなったのよ。私が聞いていない話がいっぱい出てきすぎて、正直、ショックから立ち直れないの」

「どういうショックですか」

「私にそこまで言わせないでちょうだい。それからね、『真実のレンズ』の第十一回放送は四月の頭に予定してあるけど、千石先生ナシで行かせていただくわ。竹山、放送作家チームを今夜、至急集めてちょうだい。構成をやり直すから」

そして久住はドアのほうへ向き直り、千石と向井に背を見せながら廊下へ出た。竹山があわててそれにつづいた。

ドアが完全に閉まる前に、廊下でがなり立てる久住の声が向井たちに届いた。

「気分が悪くて吐きそうだわ」

6

春日敏雄の自宅は、荒川から分岐した隅田川が、まだ荒川とほとんど接するように流れている、その南側にあった。彼の自宅から尾久橋通りに沿って二百メートルほど歩いたところには、都電荒川線の熊野前《くまのまえ》駅がある。

かつては、この都電の駅が春日の家から徒歩圏内にある唯一の鉄道駅だった。だが、都電はいかにものんびりした交通機関である。だから新宿まで早く出るには、バスに乗って山手線の西日暮里か田端《たばた》に出なければならなかった。しかし、最近になって画期的に交通の便がよくなった。二〇〇八年の春に「日暮里・舎人《とねり》ライナー」が開通したからである。

日暮里・舎人ライナーは、埼玉県まであと数百メートルという距離にある東京北部の足立区・見沼代親水公園《みぬまだいしんすいこうえん》駅と、山手線に接続する荒川区の日暮里駅を南北に専用高架軌道で一直線に結ぶ新交通システムで、これによって陸の孤島と呼ばれていた足立区北部が、一気に都心に近づいただけでなく、都電荒川線沿線の住民にとっても、山手線や東京メトロ千代田線との接続が非常に便利になった。

もしもいま最短時間で新宿に向かおうとするなら、熊野前の交差点から階段を上って高架駅に行き、そこから日暮里・舎人ライナーで二駅、四分の近さにある西日暮里から山手線に乗ればいい。最高時速は六十キロ程度であるにもかかわらず、街並みを真上から見下ろす高架上を疾走するために、視覚的な印象速度ははるかに速い。

だが春日は、あえてのんびりとした都電を選んだ。途中で立ち寄る場所があったからだ。それは熊野前から二十駅、三十六分かかる面影橋。三十年前にあのアパート火災が起きた場所だった。

二月らしい寒さが戻ってきた灰色の空の下、三十年前の靴を履いて、傷めた右足を引きずりながら都電の停留所までできた春日は、やってきた都電のいちばん前の席に腰を下ろすと、コートのポケットから一冊の古びた手帳を取り出した。

それも三十年前に使っていたものである。普及品としてのパソコンも携帯電話もなく、外に持ち出せる情報機器といえば、まさにアナログな手帳だけだった。春日はメモ魔だったから、手がける事件によっては、ぶ厚い手帳が一カ月ももたないことがあった。

面影橋の木造アパート全焼に伴う女子学生・黛京子焼死事件に関しては、その三日後に起きた彼女の恋人——捜査陣は、あえて「元」恋人とは呼ばなかった——高嶋真彦の自動車転落死事件も含め、厚手の手帳一冊を使い切るギリギリのところまで書き込みをしており、残された余白のページは、わずかに三ページだった。

都電が動き出すと、春日は手帳を初めのほうからめくっていった。都電のレトロな乗車感覚と、履いている靴、読んでいる手帳が、いつのまにか三十年前の世界に戻ったような錯覚を彼に与えていた。

やがて春日は——都電が王子駅前を出て、飛鳥山《あすかやま》に向かって上りの左カーブを大きく切ったあたりで——ひとつの重要な記述に行き当たった。

三十年前の十一月十二日深夜二時ごろに発生したアパート火災にまつわる初動捜査を担当した戸塚警察署の、当時五十歳になる山口巡査部長が、焼け出されたアパート住人や近隣の住人から聞き取り調査した結果をまとめたものである。

そこに、当時から春日が注目していた証言があった。

一階と二階で各四部屋ずつある木造アパート「面影荘」で、火元となった黛京子の部屋は二階のいちばん西の端にある2Dと呼ばれる部屋だった。その隣の2Cに住んでいた平《ひら》井宏《いひろし》というサラリーマンがこんな証言をしていた。

《えーとあれは、たぶん火が出て大騒ぎになる三十分ぐらい前だったでしょうか、私はふとんに横になって読書をしていたんですが、隣の部屋で大きな声がするので、おもわず起き上がって聞き耳を立てました。男の声です。「なぜ産んだ」と叫んでいました。すると女の声で――これは住んでいた黛さんの声だと思いますが「あたりまえでしょう」と叫び返す声がして、「あなたにそんなことを言う権利はないんだから！」とつづけました。そのあとドスンという音がして、つづいて赤ん坊の泣き声がしました。黛さんが赤ちゃんを産んだのは知っていましたから、ああ、これは産む産まないの揉め事があったんだな、と思いました。そのあとしばらくして、外階段をダンダンと音高く下りていく足音がして、それから……そうですね、一、二分してから「火事だ！」という叫び声が、表の道路から聞こえてきたんです》

「なんで見落としたんだ」

都電の座席に座った春日は、おもわず小声でつぶやいた。

「おかしいじゃないか」

当時から重要視していた証言でありながら、あまりにもあっさりと見落としていた問題点があった。

春日は急いで手帳の別のページをめくった。

それは火災から三日後に起きた転落事故で重傷を負った同乗者の千石が、転落直前に高嶋真彦から聞かされた告白の内容を書き留めたところだった。

事故から一週間経って、ようやく口が利けるようになった千石に対しての事情聴取は、群馬県警の所轄署刑事だけでなく、アパート火災との関連で警視庁から出向いた春日自身も立ち会っていた。そこで千石は、親友の高嶋がこう語っていたと述べていた。

《高嶋は、自分が妊娠させたにもかかわらず、中絶の提案に耳を貸さず、意地になって子どもを産んだ京子の行動を怒っていました。そして、産院から戻ってきた彼女のところへ最終的な話し合いに出かけたけれど、いつのまにか口論になって、京子をラジカセで殴りつけてしまったそうです。そのはずみで、京子はそばにあった石油ストーブといっしょに倒れてしまったのです。あっというまに炎が広がり、赤ん坊が激しく泣き出した。それで高嶋はあわてて赤ん坊を抱き上げて部屋を飛び出し、外階段を駆け下りた。ちょうど表に出てきた近所のお婆さんにその赤ん坊を押しつけると、つづいて京子を助けるために二階に戻ろうとしたのですが、そのときにはもう火の勢いが激しくなりすぎて助けられなかった。高嶋はその事態にパニックに陥ってしまって、あとさきを考えずに、自分の車で逃げ出してしまったんです》

（やっぱりおかしい）

三十年も経って、初めて見落としに気づいた春日は、自分の頭を殴りつけたくなった。

（火が出たのは午前二時だぞ。昼間じゃない、夜中の二時だ。そんなときに、なぜ近所の婆さんが、タイミングよくアパートの外階段のあたりに立っていたんだ。火事騒ぎで飛び出してきたということだったが、石油ストーブが倒れて炎が一気に燃え広がり、あわてて高嶋が赤ん坊を抱えて一階まで駆け下りた時点で、もう野次馬の婆さんがそこにいた？それはいくらなんでも早すぎないか？）

春日は、ふたたび手帳の前のほうへ戻った。そこには、生後三週間の赤ん坊を押しつけられた近所の住人の証言を書き留めてある。三木昭代《みきあきよ》という七十八歳の女性だ。

《あたしが気がついたきっかけですか。偶然です。夜中にご不浄《ふじょう》に立ったんです。おトイレにね。そうしたら、ご不浄の窓ガラスに、曇りガラスなんですけど、炎が映っているのが見えて、開けてみたら、隣の面影荘の二階からブワーッと炎が上がっていてね。もう、あたしは驚いちゃって。寝巻の上から半纏《はんてん》を引っかけて、サンダル突っかけて表に出ましたよ。

いいえ、寒さなんて感じませんでした。うちにも延焼するんじゃないかという心配と、それから実際に炎にあおられて、寒いどころか身体が火照《ほて》って火照ってね。それで面影荘のあちこちからドアが開いて、住んでいる人たちが飛び出してくるのを見ていました。消防車を呼ぶとか、そんなことも忘れて、頭が真っ白になった感じで、ただただ目の前の火事を見ていました。

そうしたら、いきなりバンという感じで、あたしの胸のところに何かが押しつけられたんです。え？　なに？　と思ってみたら、おくるみに包まれた赤ちゃんでした。もうびっくりして。でも、とっさにあたしは抱きかかえましたよ。そして、誰がこんなことを、と思って見たら、若い男の子がね、学生さんがね、血走った目であたしにこう頼んできたんです。ちょっとの間だけ、この子を抱いててください。まだ部屋に人がいるんです。助けに行かないと……って。

あたしね、やめなさいって言ったんですよ。こんなに燃えていたら、戻るのは無理だから、って。でも、その学生さんは駆け出していきました。すると、ますます炎がすごくなって。で、あたしはもう怖くて怖くて、それで赤ちゃんを抱いたまま、もっと離れたところへ逃げていったんです。そうこうしているうちに消防車がきて、水をまきはじめました。でも、あの学生さんはいつまで経っても戻ってこない。それで、火に巻かれたんじゃないかと思って、消防士さんに言ったんです。この赤ちゃんをあたしに預けたまま、戻ってこない若い男の子がいる、って》

三木昭代の証言の下に、補足コメントが書き添えてあった。

《赤ん坊を押しつけたまま、とうとう戻ってこず、かといって焼死したわけでもない若い男について、このお年寄りに高嶋真彦の写真を見せたところ、この人に絶対に間違いない、と答えた》

　春日敏雄はパタンと手帳を閉じ、都電の前方に広がる風景をぼんやり眺めながら考えた。

（火事を見にきた老婆に、高嶋が赤ん坊を押しつけたのは間違いない事実だった。しかし、そのタイミングは出火直後ではなかった。すでにかなり火の手が広がってからのことだったのだ。では、その間、高嶋は何をしていたのか。そもそも石油ストーブが倒れてすぐに赤ん坊を抱えて逃げ出したというのは事実だったのか。

　なにかの理由で高嶋は正確な事実を千石に告げなかったのか、それともなにかの理由で千石は高嶋から聞いたとおりのことを警察に話していないのか……。いずれにしても、アパートの出火には、もっと複雑な事情が存在するのではないか）

　考え込む春日の右前方に池袋のサンシャイン60が見えてきた。いつのまにか都電は大塚駅前をすぎ、向原《むこうはら》から東池袋四丁目の駅へ向かうところだった。そのあと都電雑司ヶ谷《ぞうしがや》、鬼子母神前《きしぼじんまえ》、学習院下《がくしゅういんした》を経由して、つぎが面影橋だ。

（きょうのうちに、行けるところまで行くか）

　春日は、三十年前の手帳をゆっくりとした動作で背広の内ポケットにしまい込み、コートの前ボタンを掛けた。

面影橋のそばに建っていたアパートの跡地を見てから、最終的に向かうのは新宿――そこには新宿堂出版の本社があった。

# 第五章 それぞれの告白

## 1

夜が更けていくにしたがって、ますますにぎやかになる一方の新宿にあって、長谷川美枝子がいるバーも混雑の度を増してきていた。

タバコの煙がもうもうと立ちこめる店内には、スピーカーから頭が痛くなるほどの大音量でラップが流れていた。バーカウンターに座っている若者たちは、その音楽に合わせて首を振ったり身体を揺すったり、音楽のボリュームに負けじと大声を張り上げてしゃべっている。ほぼ全員の客がヒップホップ系のファッションだ。

だが、カウンター席からいちばん離れたテーブルに腰を下ろした一組の男女は、ファッション的に浮いていた。周囲の若者たちからときおり向けられる視線も「なに、あいつら、浮いてね？」という種類のものだったが、本人たちは気にしていない。

もしかすると、私たちは恋人同士にみられているかもしれない、と美枝子は思った。向かい側に座った男と顔を近づけ、いまにもキスをしそうな至近距離で会話をしているからだ。ふたりの間を隔てているのは、オーロラのように漂うタバコの煙だけだ。

これだけ大きな音で音楽が流れていても、美枝子としてはその音楽に負けないような声を張り上げるわけにはいかなかった。他人に聞かれては困る内容だったからだ。だから顔を近づけて話しているのだが、相手の若い男が、テーブル越しに身を乗り出してくる美枝子の態度に、勝手な妄想を抱きはじめているのがわかった。

長谷川美枝子は三十代のなかばで、決して美人ではないが、男を誘惑するフェロモンを発散しているのは間違いなかった。向井明もそのフェロモンに捕らえられてしまったひとりであり、彼の場合は永遠の絆《きずな》を強制されたようなものだったが、美枝子に瞬間的に惑わされた男の数は数え切れない。

ただ、美枝子はそんな男たちを誘っておいて、ギリギリのところで捨てるゲームに長《た》けていた。不真面目な女だから男をそうやって弄《もてあそ》ぶのか、それとも真面目だから土壇場で火遊びをストップするのか、美枝子自身にも自分の心理がよくわかっていなかった。

ただし、いま目の前にいる男に関しては、今回のように重要な調査目的がなければ、ひと目でカンベンして、と言いたくなるタイプなのは間違いない。

ほとんどの客が、いますぐにでもストリートダンスをはじめそうなファッションに身を包んでいる店内にあって、美枝子の前にいる男は二十四歳でありながら、周囲の若者たちのような潑剌《はつらつ》としたエネルギーをまったく感じられなかった。着ているものへのこだわりはゼロ、ただただ仕事にくたびれ果て、その仕事に対して猛烈な不満を持ち、しかしそのハケ口を得ることができずにストレスをためている人間だった。九十九パーセントの確率で、恋人はいないだろうと美枝子は決め込んだ。そういう男だからこそ美枝子の誘いにのってきたし、そういう男だからこそ美枝子が彼を取材ターゲットに絞ったのだ。

男の名前はユキヒロといった。本名だが正確な名前は教えたくない、という本人の要望で、とりあえずカタカナの「ユキヒロ」と認識しておくことにした。職業はテレビ制作会社「協和映像」のアルバイト社員。身分上はアルバイトだが、アシスタント・ディレクターとして正社員なみの責任を持たされて働いているという。そして、そのわりにはギャラは激安だ、とこぼした。

昼のうちに協和映像をたずねた美枝子は、そこに出入りするスタッフをつかまえては、さりげなくいろいろなことを聞き出し、『真実のレンズ』の制作に深く関わり、なおかつ「ペラペラとなんでもしゃべってしまいそう」な取材ターゲットを捜していた。そしてつかまえたのが、このユキヒロという男だった。

話を聞かせてもらう謝礼は、酒と食事のみという約束。だが、相手はプラスアルファを期待してか、夜の十一時になれば仕事が空くという理由で、遅い時間帯を指定してきた。

もっとも、テレビの制作現場では明け方に仕事が終わることが珍しくないのを美枝子は知っていたから、その時間指定にさほど警戒感を抱かなかった。

「それでね、もう一回、ちゃんとききたいんだけど」

右手の指に煙の立ちのぼるタバコをはさみ、左手でストレートのシングルモルトが入ったグラスを揺らしながら、美枝子は相手の顔ではなく、耳元めがけて言葉を投げかけた。

「『真実のレンズ』は、あなたのいる会社も制作に携わっているけれど、放送でどんな事件を取り上げるか、どのような構成にするかは、東都テレビのプロデューサーとディレクターが決めているのね」

「そうだよ」

ユキヒロは、ウォッカベースのモスコミュールが入った銅のマグカップを口元に持っていき、一口飲むと「うめえ〜」と言って、目をしばたたかせた。

「じゃあ、千石健志郎のキャスティングも演出も局が決めたものね」

「そりゃそうだよ。おれたちの会社は下請けの下請け、何の権限もない。そりゃもう奴隷みたいな立場だから、いちばんめんどくさくて、いちばん体力的にきつくて、いちばん手間のかかる仕事が回ってくるわけだよ。それでいて、ギャラは信じられないぐらい安い。べつにウチの社長が不当にピンハネしてるとは思ってないよ。局からウチの会社に支払われる金がメチャ安なんだ。とくにアメリカ発のサブプライズ問題が起きてからはひどいもんだよ」

「サプライズじゃなくて、サプライムでしょ」

「いくら教養のないおれでも、それぐらい知ってるけど、ウチの社にとってはサプライズ問題なんだよ。『サププライム問題で大変だから』って言やあ、なんでも通用すると思って、局側の予算の減らし方がすげえんだ。最初の約束の半分しか制作費をよこさないなんてザラ。そのたびに、ウチの社長は目の玉飛び出すほど驚いてるんだから、これはサプライズ問題なんだ。とにかく向こうの女プロデューサーは、男よりもやり方が情け容赦ないからね」

「なんていう人？」

「久住だよ。久住知恵。鬼の久住って、業界じゃ有名だよ」

「なるほどねえ。そうやって予算がない中、ユキヒロくんのところは、必死になってあの番組を孫請けしてるわけか」

「いまは赤字承知で仕事を請け負ってる状況だよ。社長や専務がそう言ってるのは誇張じゃないと思うね。でも、あの番組は東テレの看板だし、視聴率《すうじ》もいいから、赤字でもそれなりのメリットはあるんだよ。最近じゃ社長は、久住プロデューサーからサプライズ問題を突きつけられるたびに、『これも会社の宣伝費だ』と割り切るようにしてるんだってさ。孫請けだから番組のクレジットには出ないんだけど、会社のホームページには『おもな仕事』欄に『真実のレンズ』を載せられるからね。信用上のプラスにはなるよね」

「でも、そう割り切っても、たまんないよね」

「もちろんだよ。やってらんねえよ」

美枝子は、最初からおしゃべりだった相手の舌が、さらに滑らかになってきているのを悟った。酒の効果と、それから喧噪《けんそう》の効果だった。

午後十一時という時間の指定はユキヒロがしたが、このヒップホップ系の若者たちが集うバーは、以前取材で一度訪れたことがある美枝子が指定した。店の選択には意味があった。ラップというのは、無意識のうちにそのリズムに乗ってしまうと、自分も何かをしゃべりだしたくなる。しかも大音量でそれがかかっていると、重要なことを言葉に出すのも抵抗感がなくなる。

シンと静まり返ったホテルのロビーで話すと、人は秘密の暴露に躊躇《ちゅうちょ》する。静けさが人の口を重くさせるのだ。ところが喧噪の中で話すと、重大な秘密を洩らすことじたいに抵抗感が薄くなる。ノンフィクションライターとして取材を積み重ねていく過程で、美枝子はそうした人間の心理傾向をつかんでいた。だから、相手の世代を勘案しながらこの店を指定したのだ。そして、その目論見《もくろみ》はズバリ当たっていた。

「ねえ、あなたが『真実のレンズ』に関わっているっていうからきくんだけど、私、すっごく興味があるの、透視捜査官の千石健志郎という人の超能力に」

「ああ、あれね」

ユキヒロのその言い方で、美枝子は釣りでいうなら「あたり」がきた、と思った。食いついてきた、と。そういうときのたたみ込み方も、美枝子は心得ていた。決して、千石健志郎の透視能力を疑っているふうな突っ込みをしてはいけないのだ。あれ、ほんとはトリックなんでしょ、という問《と》い質《ただ》し方は、せっかく相手の喉《のど》まで出かかった告白を引っ込めてしまうおそれがある。

「私ね」

美枝子はますますテーブルの上に身を乗り出すと、ユキヒロの耳元に唇をくっつけそうなほどの至近距離で言った。

「千石さんって、すごいなと思って尊敬しているの。神だよね、あの人」

するとユキヒロは「ふふふ」と肩を揺すって笑い、「ほんとにそう思ってるの?」ときき返してきた。

「もちろんよ。超能力以外にありえないでしょ。もう、なんか私、人生観変わっちゃったわよ。常識の世界がガラガラと音を立てて崩れたかんじ」

「あ、そう。……あはは」

また意味ありげに笑うと、ユキヒロは「タバコくれる?」と言った。

「じゃ、これでいい?」

美枝子は新しいタバコを取り出すのではなく、指にはさんでいた吸いかけのものをかざし、自分の唇がついていたフィルター部分を相手の唇の間に押し込んだ。

一瞬、ユキヒロは信じられないという顔で目を見開いたが、すぐに目尻を下げると、くわえたタバコの先端を揺らしながら「サンキュー」と言った。

それからゆっくりと煙を肺の奥深く吸い込み、満足げに煙を吐き出すと、タバコのフィルターを見つめ、目の前の女と間接キスをしたという事実をじっと確認していた。

そして突然、至近距離にある美枝子の前髪へもう一方の手を延ばし、ひとつまみの毛を指先で弄びながら言った。

「あんなやつ、超インチキだぜ」

2

長谷川美枝子が喧噪の中で千石健志郎の秘密を引き出しかけていたころ、対照的な静寂の中で、元捜査一課の刑事・春日敏雄はふたりの人物と会っていた。

場所は練馬区の石神井《しゃくじい》公園に近い閑静な住宅街。その一角に、平屋建ての日本家屋があった。クラシックな格子戸の玄関には淡い電灯が灯《とも》っており、表札には「護堂」という名前が掲げられていた。

きょう、都電荒川線の面影橋で下りた春日は、かつて神田川沿いに建っていた木造二階建てアパートの「面影荘」周辺が、まさに面影もなく変貌しているのをまのあたりにした。

といっても、いまになって初めてその事実に気づいたわけではない。警視庁捜査一課の刑事として長年捜査活動にあたっていた春日は、都電荒川線が走る新目白通りに沿って、パトカーや捜査車輌に乗って何度も行き来していた。だが、あの火災事件に関する消化不良な気持ちが、あえてその後の現場を直視することを彼に避けさせてきていたのだ。

その意味では、ほんとうにひさしぶりに、春日は現場に戻ってきたといってよかった。アパートが建っていた場所は食品製造メーカーの敷地になっており、新目白通りをはさんだ南側の街並みも、木造家屋が軒を連ねていた当時とは打って変わって、大小のビルが建ち並んでいた。

三十年ぶりに履いた当時の革靴に大きなひっかき傷を付けた焼け跡のクギは、いったいどうなっただろうと、そんなことまで春日は考えた。見知らぬ土地の埋め立て土砂の中に混じって、いまごろはボロボロに酸化して、ほとんど土に還っているかもしれない。

(だが、おれはまだ土に還らずに、こうやって生きている)

かつてアパートの前は土の地面だったが、いまは硬く舗装されている。昔の靴でその舗装路面を蹴飛ばすと、春日は改めて決意を心の中でつぶやいた。

(生きているかぎりは、千石健志郎を追いつめてやる)

面影橋をあとにした春日は、ふたたび都電に乗って鬼子母神前まで戻り、そこから東京メトロ副都心線に乗り換えて、雑司が谷駅から新宿三丁目に出た。それから新宿通りと甲州街道にはさまれた一角まで歩き、新宿堂出版の本社ビルをたずねたのは夕方の五時近くになっていた。

インターネットでの告発騒動があったので、火事で焼け死んだ黛京子の遺児がこの出版社に勤めていることはわかっていた。ただ、彼女がそんな騒ぎを引き起こさなくても、黛早苗の名前で検索すれば、おそらく新宿堂出版にたどり着くことができただろう。

刑事の側からすれば便利な時代になったものだ、と春日は思った。靴底をすり減らして歩き回らなくても、インターネットがその代わりを果たしてくれることがずいぶんある。最近の若い刑事は、そのぶん楽ができると思った。逆に言えば、目立ちたくない人間がひっそりと隠れるのには不便な時代でもあった。

事前の連絡なしの訪問だったが、元・捜査一課の刑事で、あの事件を担当していた者だと内線電話で告げると、黛早苗は驚いた様子で一階の受付まで下りてきた。

その黒髪に黒縁メガネの姿をひと目見て、似ている、と春日は思った。母親の京子に、ではない。千石健志郎に、だ。千石健志郎の馬面を少し縮めて、存在感のありすぎる彼の目と唇を、情熱的な女性のそれへとアレンジすれば、たしかに目の前の黛早苗の顔になる。

そして、じゅうぶんすぎるぐらい魅力的な顔立ちになった。

ただ、彼女のかけている黒縁メガネが、そうした彼女の美しさを隠し、同時に千石との共通点をカムフラージュする役割も果たしていた。早苗が「女史風」のメガネフレームをあえて選んでいるのは、父親かもしれない千石似の顔をごまかすためではないかと、春日は想像した。

「もしも三十年前のことでいらしたんでしたら」

黒いフレームに片手をやって、早苗は言った。

「護堂さんにも立ち会っていただきたいんです。ですから、護堂さんの了解を得られるかどうかを待ってください」

その返事は、母親の焼死をいまになって掘り返そうとするかつての捜査官に対して、少なくとも早苗自身は拒絶反応を抱いていないことを示していた。むしろ、同じ目的を持つものへの共感すら感じられた。

そして午後十一時過ぎ、春日は護堂修一の自宅に招かれていた。

3

「ごぶさたしています……という挨拶を刑事さんに対してするのもおかしなものですね。

ああ、失礼、もう刑事さんではいらっしゃらないんでしたね」

柔和な笑みを浮かべてそう語る護堂は、会社からはスーツ姿で戻ってきていたが、すぐにカーディガンとコーデュロイのパンツに着替えていた。

護堂は、色白で小太りというところは三十年前の学生時代と同じだったが、五十代の入口にして頭がすっかり禿げ上がっていた。そのため、いまだ艶々とした黒髪を誇っている春日よりも歳を取ってみえるほどだった。おそらく、街角で声をかけられても、あのときの学生だとは思い起こさないだろう。ただ、「護堂」という珍しい苗字は、彼の外見よりもずっと印象に残る要素だった。

春日が通されたのは畳敷きの和室だったが、臙脂色《えんじいろ》の古びたソファと木製の丸テーブルで構成された応接セットが据えられているために、クラシックな和洋室という雰囲気になっていた。おまけにソファには白いカバーが掛けられてあったために、レトロな映画に出てくるスタジオセットのようでもあった。実際、この木造平屋建ては、例の事件よりもずっと前からあったに違いない、と春日は見立てていた。

テーブルをはさんで護堂と春日が向かい合わせに腰を下ろし、ふたりとは直角の位置に黛早苗が座った。

「三十年ぶりの対面と言いましても」

畳んだコートを脇に置くと、春日はまっすぐ護堂に向き直った。

「事情が事情ですし、どうもおひさしぶりですと再会を懐かしむ雰囲気でもないのは承知しております」

「いいえ、三十年ぶりではありませんよ、春日さん」

護堂が、すかさず春日の言葉を訂正した。

「あの火災が起きたのは三十年前ですが、翌々年の春、私や千石が大学を卒業する直前に、もう一度話を聞きにこられたではありませんか。わざわざ大学まで。そして『ほんとうにきみたちが知っていることは、いままで述べたのですべてなのか。黛さんと高嶋君の件に関して、何か私たち警察に言い洩らしている話はないか。あったら、社会に出る前にきちんと語っておきなさい』と、言葉は穏やかでしたが、顔は恐ろしかったですよ。なんだか、ぼくたちが隠し事をしていると決めつけているみたいで」

「ああ、たしかにそんなことがありましたね」

春日は静かにうなずきながら、忘れていた記憶を取り戻した。

黛京子の焼死や高嶋真彦の転落死から一年数カ月が経ったころには、いずれの事件も事故として処理済みであり、警視庁や所轄署が組織として真相究明をするのは終わっていた。それに春日自身も日常の事件に追いまくられて、つねにあの出来事を思い起こしているわけでもなかった。

ただ、三月のある日、千石が卒業する前に、もう一度だけ告白のチャンスを与えてみてはどうかと、ふと思い立った。社会に出て世間ずれした保身術を身につける前に、学生の身分でいるときなら、もしかすると良心の呵責《かしやく》に耐えかねて、ということもありうるかもしれないと、最後の望みをつないでみたのだ。千石健志郎への疑いを、いつまでも春日は引きずっていた。

しかし護堂はもちろん、千石も、何も追加して話すことはない、と言った。そのときの千石の表情を、春日は忘れることができなかった。ウソをついている後ろめたさが、ありありと浮かんでいたからだ。

「それにしても不思議な感覚ですね」

護堂の声で、春日は一瞬の回想から現実に返った。

「学生のときにお会いした春日刑事は、自分の父親ぐらいの歳に思えていたのに、三十年経ってお会いしてみると、むしろ私のほうが、こんな状態ですから」

護堂は頭を片手で撫でて苦笑した。

「どっちが年上だかわかりませんね」

「社会に出てからは、歳の差なんて、あってないようなものですよ」

春日は微笑した。

「あなたたちとはたったの十二歳——一回りしか違わないわけですからね。学生と社会人の十二歳差は大きくても、五十代と六十代の十二歳差は、ないも同然です」

「そうですね」

と、うなずきながら、護堂は「言葉尻を捉えるようで恐縮ですが」と前置きしてからたずねてきた。

「あなたたちとは十二歳しか違わないとおっしゃいましたけれど、『あなたたち』という複数形は、私のほかにやはり千石のことを意識なさっているんでしょうか」

「そのとおりです」

春日はきっぱりとうなずき、それから横にいる黛早苗のほうに目を転じた。

「早苗さんにはもう詳しくお伝えしてありますが、きょうは、ぜひ確かめたいことがあります。ネットで『千石健志郎は三十年前の連続殺人犯である』と書き立てた理由と、その根拠についてです。もちろん、私は警視庁を退職して三年になりますし、公式には、あの一件はもう片づいている話です。しかし昨年の暮れに、テレビで千石健志郎氏の透視捜査なるものを目にしましてね、えらく気になっていたところへ、早苗さんの書き込みが世間を騒がせはじめていたものですから、あの一件に関わっていた者としては黙っていられなくなったのです。そして唐突に早苗さんの会社をお訪ねしたところ、護堂さんの許可がないと何も話せない、と言われまして」

「いや。それは早苗が私に気を遣いすぎです」

護堂は柔和な笑みを浮かべて、横にいる早苗を見た。

「たしかに私は彼女の後見人のような役割を果たしてきました。彼女の祖父母が亡くなったあとは、事実上の親代わりをしてきましたから。しかし、もう早苗も三十です。べつに私に気を遣うことなく、なんでもひとりで決めてもらってよかったのに」

護堂は早苗を見やりながらつづけた。

「ただ、私を頼りにしてくれるのは、悪い気はしませんがね」

「ちなみに護堂さんは……」

この一軒家には、護堂以外の家族の匂いがしないなと思いながら、春日はたずねた。

「ご家族は」

「いません」

護堂はその事実をあえて軽くみせるかのように、明るい声で言った。

「この歳まで結婚はしていないんですよ。なんていったらいいのかなあ、学生時代からモテないことに慣れてしまっているうちに、自分には結婚なんて縁がないものだと思うようになってしまったんです。そのうちに、むしろ独り身の気楽さに慣れてしまって、よけいな家族などいないほうが自分の性格にあっているとわかってきましてね。ですから、これは決して負け惜しみではなく、三十を過ぎてからは、結婚したいと思ったことは一度もありませんでした。この家はオヤジが建てたものなんですが、ちょうど三十のときにオヤジが死んで、三十二のときにオフクロも死んで、私が独身でいることを、やいのやいのとうるさく言う者が身近にいなくなったせいもあるでしょう」

それから護堂は、いとおしそうな目で早苗を見た。

「ただ、心のどこかで家族の温もりを求めていた自分がいたのも否定はできません。ですから、中学生のときにまったく身寄りがなくなった早苗を奈良の実家から引き取ったのも、そうした気持ちがさせたことだったと思います」

「では、しばらくはふたりでこの家に住んでいらしたと」

「そうですね」

護堂はゆっくりとうなずいた。

「この子が十四歳のときに引き取りましてね、私は三十五でした。早苗は中学二年の途中だったんですが、このそばにある練馬区の区立中学に入れて、高校は都立にしたので、お金はかかりませんでした。よく勉強のできる子でしたよ」

護堂は、我が子のように眼を細めて早苗を見つめた。

「そして高校を卒業するまで、この家でいっしょに暮らしていました。そのあとは奨学金制度を使って私立大学に入って、さすがにそれぐらいの歳になりますと、親子でもないのにいっしょに暮らすのはちょっとまずいかなと思いまして、大学の寮に入れたんです」

「そうでしたか。ところで護堂さんのお仕事は」

「大学を出てすぐに、映画会社に入りました。宣伝部の配属でした。役者への夢を捨てきれない自分がいて、お芝居の世界に少しでも接点のある職業を、ということで選んだんです。でも、そのうちに自分のような見映えや能力では性格俳優にさえなれないだろうと、ほかの有能な若手を見ているうちに思いまして、役者になる夢をスッパリ絶ち切るのと同時に映画会社も辞めて、まったく畑違いの家具メーカーに入りました。どうも、そちらのほうが性にあったようです。おかげさまでコツコツと地道に仕事をしているうちに、営業部長をやらせてもらうところまできました」

「そうですか。……ところで千石さんなんですがね」

これも早苗の話を聞く前につかんでおかねばと思って、春日は護堂にたずねた。

「あの人は、大学卒業後、どのような過程を経て、ああいうキャラクターでテレビに出るようになったんですかね」

4

まもなく深夜の零時になろうとしている壁の時計を見ながら、弁護士の向井明は自分が所属する弁護士事務所のオフィスで考えごとにふけっていた。

東都テレビが積極的に後ろ盾となって、千石健志郎を殺人犯と騒ぎ立てた黛早苗を名誉毀損で訴えるはずが、久住プロデューサーが憤慨して訴訟にはノータッチを宣言し、それだけでなく、千石健志郎を『真実のレンズ』のレギュラーからはずすことを示唆するような言動に出た。

久住知恵の態度急変には、おそらくふたつの理由があると思った。ひとつは黛京子をレイプ同然に襲ったという、その行為に対する女としての生理的な嫌悪感だ。そしてもうひとつは、黛早苗の告発が正しいのではないか、というカンが働いたからだろう。つまり、過去の出来事は事故ではなく、なんらかの殺意が働いた事件で、その犯人が千石ではないか、と。

その一方で、久住プロデューサーと竹山ディレクターが帰ったあと、夜になるまで千石と話し合った結果、向井は、自分が千石に投げかけた五つの質問に対する答えを、すべて得ることができた。

第一の質問と第二の質問——黛早苗を名誉毀損で訴えることにこだわる真の理由と、大学時代の仲間であった護堂修一もいっしょに訴えようとした背景には、やはり千石が早苗を自分の娘であると認識していればこその、複雑な心理があった。

向井は、さきほどまでの千石とのやりとりを思い返していた。

「世の中には不思議な偶然があるものです」

久住たちが去ったあと、千石は向井に切り出した。

「久住さんから、こんど東都テレビと新宿堂出版が共同で出版企画会社を作ることになって、その企画第一弾として『真実のレンズ』の出版化を行なうと聞かされたとき、陳腐な表現ですが、なにか見えない糸が私と早苗を結びつけようとしていると思いました。私は、あの子が新宿堂出版で書籍の編集者をやっているのは前から知っていましたから、ああ、これで三十年間離ればなれになっていた私と早苗が、何らかの形で結びつくことになるのだと思いました。でも、まさかあの子が私の本の担当者に指名されているとは夢にも思いませんでしたが」

「つまり千石さんは、三十年前に京子さんのお腹に宿った子どもは、自分の子であるという認識を、現在では強くお持ちなんですね」

「そうです。さきほどは久住さんたちの手前、曖昧《あいまい》な答え方をしましたが、こうなったら正直に申し上げます。そのとおりです。血液型を調べなくても、DNA検査などしなくても、私にはハッキリとわかります。早苗は私の娘に間違いありません」

「そういう認識は、いつからありました」

「高嶋から京子の妊娠を聞かされたときは、できるだけその可能性を否定しようと思いました。京子がついに子どもを産んだときも、彼女があんな死に方をして子どもが実家に引き取られたあとも、私は自分が父親である可能性を、頭の片隅から追い払おうと努めてきました。けれどもいまから十五、六年前でしょうか、昔の仲間だった護堂修一から唐突に手紙が送られてきました。

　その内容はこうでした。早苗を育ててきた祖父母が死んだので、あの子の身寄りがまったくいなくなった。いつかはこういう事態になることが予想されていたので、じつは以前から早苗の祖父母に、いざとなったら自分が後見人を務めるという申し出をしてあったのだが、それが現実になる日がきた、と書いてありました。そして中学二年生になった早苗の写真が同封されてありました。その写真を見て、私は衝撃を受けました」

　千石の唇が、一瞬震えた。

「すぐわかりました。早苗が高嶋ではなく、自分の子どもであったのだ、ということが」

　ついさきほどまで、早苗と親子関係にあるかどうかは不明であると語っていた千石が、向井とふたりきりになったところで、その事実を素直に認めた。

「早苗の写真を同封した護堂の手紙は……」

　千石はつづけた。

「私にとっては脅迫文にしか受け取れませんでした」

「誰が父親なのか、知っているぞ、ということですね」

「ええ。ただ、それだけならいいんです。でも護堂は、きっと火事の件と車の転落の件をそこに結びつけていると思いました。誰もが京子の娘の父親は高嶋だと思っていた。護堂もその例外ではなかった。ところがその赤ん坊が成長して、母である京子の面影とともに、父親の面影も宿しはじめたとき、護堂は大きな衝撃を受けたと思います。そして、護堂の頭の中にあった事件の構図が根底から覆ったはずなんです。

そして、早苗が中学生だった当時は言わなかったでしょうが、早苗が社会人になったどこかの段階で、護堂は早苗の母親の死について、彼の推理を語ったんです。京子の死も高嶋の死も、私によって引き起こされたものなのだ、と……。きっと、そうなんです」

「ということは早苗さんのほうも、あなたを自分の父親だとわかっていると」

「と思います。久住プロデューサーによれば、新宿堂出版での企画会議の席上で私の非難をはじめた早苗は、高嶋のことを父と呼び、私のことを『父の友人のAさん』と呼んでいたそうです。でも、彼女は事実は逆だと悟っていたに違いありません」

「では、ちょっと三十年前の出来事に話を戻させていただきますが」

向井はノートを広げ、メモをとる準備を整えてから言った。

「さっき申し上げた、私の知りたい五つの質問の残り第三から第五について答えていただきたいんです。アパートの火災状況についてあなたが知っている情報と、高嶋さんからこれが事実だと告白された内容、さらにその告白直後に起きた車の転落事故の様子を、正確にお話しいただきたいのです。気分を害されるかもしれませんが、アパートの火災が起きたとき、あなたがどこにいたのかも含めて」

向井のストレートな要求にも、千石はとくに不愉快そうにする様子もなく、静かに答えはじめた。

「当時、何度も警察の質問に答えたとおりです。まず私のアリバイ――イヤな言葉ですが――アリバイに関して申し上げますと……それはありません」

千石は率直な態度で言った。

「あの夜、私は王子にあるアパートで、ひとりで飲んでいましたから、私が京子のアパートにいるはずがなかったという不在証明をしてくれる第三者はいません」

「なるほど……火災当夜はひとりで飲んでいたと」

向井は、ノートにペンを走らせはじめた。その手元を見つめながら、千石はつづけた。

「京子の妊娠を聞いてからずっと、気が休まる日はありませんでした。その不安な精神状態は、京子が出産したと聞いてから、ますますひどくなりました。そのころ、京子が産んだ子の父親は高嶋であるという話は大学じゅうに伝わっていましたから、責任をとらない高嶋に非難が集中していました。しかし、みんなが高嶋を批判すればするほど、私はいっそう不安に駆り立てられました。赤ん坊がじつは私の子どもだとわかったら、私への攻撃は、高嶋が受けているようなレベルのもので済むはずがないからです」

「京子さんからあなたへの接触は、ずっとなかったんですか？」

「ありませんでした」

「その沈黙が、あなたの不安をかき立てたんですね」

「そうです。怒っても泣いてもいいから、何か反応を示してくれたほうが、ずっと気が楽でした。でも京子は何も言ってこなかった。沈黙を保つ京子が恐ろしかった」

「その沈黙の意味を、あなたはいろいろ想像なさったんでしょうね」

「そりゃそうです。考えてもみてください。生まれてまもない赤ん坊であっても、母親の目には、その子の父親がどちらかはお見通しだったでしょう。そして私の子どもだと京子が判断した場合、彼女がつぎにどんな行動に出るのか、私にはまったく読めませんでした。その不安を消すには、酒の力を借りるよりなかったんです」

「で、その晩ですが、あなたは面影荘の火事を、いつ、どうやって知ったんですか。電話連絡があったんですか」

「いいえ。私は貧乏学生でしたので、電話は引いていませんでした。ですから次の日までまったくその事実を知りませんでした。翌朝の九時過ぎになって、高嶋の行方を探しに自転車でやってきたクラスメートから叩き起こされて初めて、京子が火事で焼け死んだことを知ったのです。私はショックで倒れそうになりました」

「知らせにきたのは高嶋さんではないわけですね」

「高嶋でも護堂でもありません。べつのクラスメートです。その彼によれば、高嶋がアパートにいなくて、駐車場にいつも停まっている彼の車もない、というのです」

忌《い》まわしい過去を思い起こす千石は、何度も頬の筋肉を痙攣させた。

「そうした知らせを聞いても、私は現場に行く勇気が出ませんでした。焼け跡を見にいく勇気が……。そういう動揺した態度をとったから、警察から疑いをかけられることになったのだと思います。でも、ほんとうにあの晩、私は自分のアパートから一歩も出ていませんでした。ほんとうに」

　千石の目が潤みはじめていた。

「でも、焼け跡を見に行くことのできなかった私より、もっともっと怪しい行動をとったのが高嶋でした。彼は火事の夜から三日間、ずっと姿を消していました。護堂も高嶋の居場所はまったくわからないと言っていました。そうなると大学の仲間たちの間では、高嶋の失踪はおかしい、京子の焼死と絶対に関係があるという噂が広まります。その高嶋が、火事から三日後の夜、突然私のところに現れて、ドライブに誘ったのです。重大な話があるといって」

「それが、京子さんを焼死に至らしめた告白だったのですね」

「そうです。あとになって、そこが群馬と長野の県境にある武道峠の頂上近くだと知りましたが、そのときの私にとっては、そこが何県かも見当がつかず、とにかく人家の明かりひとつ見えない山深い場所という認識しかありませんでした。道は舗装されておらず、カーブがきついうえに路面の凸凹がひどくて、車が跳ねるたびに私は助手席の天井に何度も頭をぶつけました。そんな悪路をだいぶ上ったところで、高嶋は車を止めました。そしてあの晩、京子との間で何があったのかを話しはじめたのです。

高嶋によれば、子どもの認知の件で激しく言い合いになり、ついカッとなって、そばにあったラジカセで京子の頭を殴りつけてしまったそうです。すると彼女は意識を失って、石油ストーブといっしょに畳に横倒しになった。あっというまに火が燃え広がり、そのとき自分にできたのは寝ていた赤ん坊を助け出すことだけだった、と、高嶋は号泣しながら打ち明けました。その告白もショックでしたが、彼の興奮ぶりがあまりに激しかったものですから、私は運転を代わってやるから東京に戻ろうと言ったんです。そのときでした。発作的に……まさに発作的に高嶋は『おれは死ぬ』と叫びました。そして車のギアを入れると一気にアクセルを踏み、私たちふたりを乗せた車は、ものすごい勢いで真っ暗な宙を飛んだのです」

## 5

「しかし……」

ひととおりの話を聞いてから、向井明は相手に不快感を与えないよう慎重に言葉を選びながら言った。

「千石さんのいまのお話には、至るところに矛盾を感じてしまうのですが……」

「矛盾？」

「ええ。まず大学二年の終わりに、京子さんの妊娠が明らかになった。高嶋さんは、あなたが京子さんを無理やり犯したことを知らないまま、彼女の妊娠に苦悩していたんですよね。そしてあなたに相談してきた。それで千石さんとしては――モラル的にどうこうは別として――自分の子どもである確率が五十パーセントの赤ちゃんを産んでほしくないと思い、中絶をすすめた。すると高嶋さんは、さすが親友、よくおれの気持ちがわかるなと言って、自分もそれしか方法がないと思うと賛成した。そして千石さんのアドバイスを聞き入れて、京子さんに中絶を求めた。けれども彼女は絶対に産むと言い張り、そこから京子さんと高嶋さんの仲が険悪になった。こういう流れで間違いありませんね」

「そうです」

「しかし十月になって女の子が生まれると、京子さんから高嶋さんに、どうしても子どもを認知してほしいという申し出があった。まずはここです」

　向井は、千石をじっと見つめて言った。

「京子さんはもしかすると、生まれた赤ちゃんの父親は恐れていたほうの結果、つまり千石さんだったと悟っていたかもしれません。だからといって、あなたと結婚する気になれないのは当然です。しかし、父親が千石さんであるとわかっている娘を、高嶋さんに押しつけるようなことをするでしょうか」

「それは京子にきいてみないとわかりませんね」

「その疑問をとりあえず無視したとしても、納得がいかない点はまだあります。高嶋さんが京子さんをラジカセで殴りかかったというところです。認知するしないでもめて大ゲンカになったとしてもですよ、そしていくら高嶋さんが感情的に激したとしても、出産から間もない女性に向かって、ラジカセで殴りかかりますかね。いくらなんでも、それはひどすぎませんか。しかも、そばに赤ちゃんも寝ているというのに」

「ラジカセの件はね、もうイヤになるほど警察から突っ込まれましたから、私も思い出したくないんだ。よけいなことを言わなきゃよかったと後悔しています」

そこで千石は、そのラジカセが焼け跡から発見されなかったことで、高嶋の告白内容よりも、それを聞いたと証言した自分に対して、警察の信頼がまったくなくなってしまったと向井に語った。

「警察はどうかしていますよ」

千石は吐き捨てた。

「ラジカセが焼け跡から見つからなかったというなら、それは高嶋がウソをついていたからで、なぜ彼を疑わずに、私を疑うのかわからない。そう思いませんか、向井先生」

千石はいきなり人差指を向井に突き出し、それを上下に振りながら言った。

「仮に高嶋の告白が私のデッチ上げだったとしましょうか。だとしたら、私はもっと上手に、見てきたようなウソをつきますよ。わかりますか、私の言ってる意味が。先生がおっしゃるとおり、高嶋が産後まもない京子にラジカセで殴りかかるということじたい異常ですよ。ありえないですよ。男が女に手を上げることじたい、ひどく恥ずかしい行為だと私は思いますが、手を出すとしても平手でひっぱたく程度で、ラジカセを振り上げたりは普通しないでしょう。その行動が常軌を逸していることぐらい、先生から指摘されなくてもわかってます。ですから、すべてが私の作りごとなら、もっと『ありえそうな』火災発生の場面を考えますよ。でもね、高嶋はほんとうに私にそう言ったんだ。ラジカセで京子に殴りかかった、と。しかも実際に、京子の頭蓋骨には火災のせいではないヒビが入っていた。これは高嶋の告白は事実だと裏付けているんじゃありませんか？　違いますか、向井先生」

一気にまくし立てたあと、作務衣越しにもハッキリわかるほど荒い呼吸をはずませながら、千石は言い添えた。

「けっきょく高嶋はそういう男だった、ということですよ」

「そういう男とは？」

「ふだんはクールな理性派という顔をしているけれど、おもいのほかカッとなりやすく、いったん頭に血が上ったらコントロールがきかなくなるタイプだということです」

「親友として、そう感じていたのですか」

「ふだんからですか？　いいえ、とんでもない」

千石は肩をすくめた。

「私としても、ほんとうに高嶋の意外な側面を知らされた気がします。でも、夜中の山道で彼がとった行動を思えば、高嶋とは意外にキレやすく、キレたら収拾がつかなくなる男だったのだと評価を改めるよりないじゃありませんか。私を乗せたまま、いきなり崖っぷちに向けて車を走らせるなんて」

「そう、まさに第三の疑問点はそこです」

すかさず向井がたたみ込んだ。

「黛京子さんの死に対して強い責任を感じて自殺を図るなら、高嶋さんがなぜひとりで死ななかったんでしょう。千石さんまでが道連れにされる理由はないでしょう？」

「いえ、私はこう思っているのです。高嶋は私を逆恨みしていたのだろう、と」

「どういう点で？」

「中絶をすすめたからです」

千石は、深く長いため息をついた。

「彼はきっとこう考えていたに違いありません。京子の妊娠問題で相談したのは、きっと千石なら『おまえは生まれてくる子どもの父親になれ』と正論で諭してくれるだろうと思ったからだ。そして親友の正論に勇気づけられて、自分は京子との学生結婚に踏み切ったはずだった。それなのに千石があっさりと『堕ろせ』と言ったものだから、つい、それに従って京子を怒らせてしまった。それが悪夢のはじまりだ――きっとそう捉えたのです」

千石は、フンと鼻から息を出した。

「私に言わせれば、人のせいにするのもいい加減にしろ、というところです」

「では高嶋さんは、あなたを逆恨みして自殺の巻き添えにしたと」

「絶対にそうです」

「あなたのケガの程度は相当ひどかったんですね」

「それはもう」

千石は大きくうなずいた。

「私が死なずに済んだのは奇跡としか言えませんでした。崖からダイブした車は――山肌に沿って生えていた針葉樹林がクッションとなって衝撃を和らげてくれたとはいえ――何度も回転しながら、およそ百メートルほど下まで落ちていきました。高嶋は脳挫傷で即死でしたが、私も片手と両脚と骨盤を骨折しました。それでも頭部の損傷が切り傷だけで済んだおかげで、命を取り留めたのです。ちなみに私がいま長髪を後ろで束ねているのは、ファッションでやっているのではありません。隠したい傷があるからです」

千石は後ろ向きになって、片手で束ねた後ろ髪を持ち上げた。うなじの部分に皮膚をよじったような長い傷跡があった。

「向井先生、この傷を目に焼きつけておいてください」

ふたたび前に向き直ると、千石は強い口調で訴えた。

「私は高嶋に殺されかけたのです。念のために申し上げておきますが、よけいな推理はなさらないでいただきたい」

「よけいな推理とは？」

「運転していたのは私ではないか、という推理ですよ。ハッキリ申し上げておきますが、警察のほうでもちゃんと調べて、私が運転席に座っていたことはありえないと、指紋や車内に付いた血痕などで証明されています」

「わかりました。それでは、そろそろ基本的な方針を確認しておきたいのですが」

向井は念押しするように言った。

「久住さんが急に態度を変えられたようですが、あなたは東都テレビの後ろ盾がなくても、黛早苗さんを名誉毀損で訴えますか」

「もちろんです」

「早苗さんが、あなたの娘さんである確率が濃厚なのに、ですか」

「だからこそ、です」

千石はすばやく言い返した。

「早苗が高嶋の娘であるならば、勝手に吠えていればいいと思います。私もいちいち取り合いません。けれども、私の娘である可能性が高いからこそ、あの子に言いたいのです。護堂にだまされるな、と」

「護堂さんにだまされるな？」

「私にはわかるんです。護堂という男の心理が。あいつは学生時代からまったく女にもてない人間でした。社会に出て最初の二、三年は電話のやりとり程度はしていましたが、いつ聞いても覇気のない声を出す男でね、ネクラなんです。そういう陰気な男だからこそ、自分がヒーローになるワンチャンスを逃さなかった」

「早苗さんの後見人を買って出たことですね」

「買って出た——そうです。まさにあいつは、頼まれもしないのに後見人の役を買って出たんです。自分の存在価値をアピールしたかったんでしょう。そして中学生までに育った早苗を見て気づいたに違いありません。これは大変だ。この子の父親は高嶋ではなかった。千石健志郎じゃないか、と……。だから私に、わざわざ早苗の写真を送りつけてきたんです。わかったぞ、と言いたいためにです。そういう陰気でいやらしいやり方をする男に、早苗がだまされてほしくないんです」

「お気持ちはよくわかりました。しかし、訴訟代理人をお引き受けするからには、私は本気で勝訴をめざしますよ。全力で」

「もちろんです。あたりまえでしょう。私だって、勝つために先生におねがいするんです。負け戦と知っての提訴じゃありません」

「では、おわかりですね。こちらが勝てば、早苗さんが負けるということなんですよ。今回のケースでいけば、刑法としての名誉毀損罪ではなく、民法上の不法行為として名誉毀損を訴え、賠償金を請求することになるでしょうが、あなたが勝てば、早苗さんはお金を払わなければならないんです。いいんですか、それでも」

「けっこうです。早苗の目を覚まさせるには、本気で訴えるよりありません」

「わかりました。ただし……」

向井はテーブルの上で組み合わせていた両手をほどいた。

「代理人をお引き受けするには条件があります」

「金ならあります」

あなたの言いたいことは承知している、とでも言いたげな間髪を入れぬタイミングで千石は言った。

「護堂に洗脳された早苗に過ちを気づかせるためなら、私は金など惜しいとは思わない」

「違いますよ、千石さん。私の条件はお金ではありません。じつは、この確認はあえて避けたまま代理人をお引き受けしようと、最初はそう考えていたのですが、しかし、そうもいかなくなりました。いまから私がおたずねする質問へのお答えしだいでは、代理人を辞退させていただくことになるかもしれません」

「どうぞ、質問をおっしゃってください」

「あなたの透視能力は本物なんですか」

向井明は、ズバリ斬り込んだ。

以前、長谷川美枝子からインチキ霊能者の弁護をするのかと揶揄《やゆ》されたときには、千石健志郎の透視能力の真偽など訴訟の論点にはならないと言ったが、本人と会って話を聞けば聞くほど、三十年前の事件について千石が百パーセント、シロだと言い切れない印象になってきた。だから彼が、美枝子の言うような詐欺師まがいの人物であるか否かを確かめずにはいられなくなったのだ。

カリスマ透視捜査官として名前を売ってきた千石健志郎に対して、そのアイデンティティの根幹を疑うような質問は、もしかすると激烈な怒りを買うかもしれない、と覚悟しての問いかけだった。だが、千石はまったく表情を変えなかった。そして静かな口調で、向井が驚くような答えを返してきた。

「あんなものは、インチキに決まっているじゃないですか。それとも向井先生は、透視能力などというものがこの世に存在すると思っていらしたんですか」

# 第六章 元刑事の嗅覚

## 1

春日敏雄が隅田川沿いの自宅に戻ったのは、日付が変わって二月五日、午前二時を回ったところだった。家の前まできたところで、妻の由起子と長男の健一《けんいち》が玄関前に立っているのが見えた。

「お父さん、こんな時間までいったい何していたのよ！」

由起子が泣き出しそうな顔で駆け寄ってきた。

「携帯も持たずに出かけちゃうから連絡もとれないし、しかも昔の靴を履いて、事件の捜査だなんてワケわからないことを言い残すから、あたしも健一も、お父さんがアルツハイマーになったんじゃないかって、もう捜索願を出す寸前まできていたのよ」

「何をバカなこと言ってるんだ」

　妻と長男の横をすり抜けて家の中に入りながら、春日はぶすっとした声で言った。

「刑事に決まった帰宅時間があるものか。おまえは何十年、刑事の妻をやってきたんだ」

「三十年以上もやってきましたよ。でも三年前でそれはおしまい。もうあなたは刑事じゃないのよ。わかってるの？」

「ガアガア言いなさんな。とりあえずお茶漬けをくれ。腹減った」

「父さん」

　上がり框に腰掛け、三十年前の靴を脱いでいる父親を見下ろしながら、長男の健一が少し怒った声で言った。

「おれや母さんや麻里《まり》がどれだけ心配したかわかってるのか。母さんから知らせを聞いて、おれは店の片づけを麻里に頼んで、飛んで帰ってきたんだぞ」

「店？」

「西日暮里の店だよ」

「なにをやってる店だ」

「えっ？」

「それから、麻里って誰だ」

「ちょっと……」

　健一は母の由起子と顔を見合わせ、あわてて父親の足下にかがみ込んだ。

「父さん、だいじょうぶか。麻里を忘れたのか。おれのカミさんだよ。嫁だよ」

「で、おたくは誰?」

「……」

「冗談だよ、おまえらがおれをボケ老人扱いするから、からかってみただけだ」

靴紐を解き終えると、春日は息子を見返して言った。

「いいか、刑事という職業に定年はあっても、刑事魂に定年はないんだ。しかもおれはまだ六十三だぞ。息子夫婦に楽させてもらっていることには感謝するが、人を隠居扱いするのはやめてくれ。それからな、由起子」

春日は、こんどは妻に向き直って言った。

「とうぶんの間、おれは捜査に専念するから、孫のめんどうはおまえに任せる。わかったな」

「だから、その『捜査』というのはなんなのよ。あなた、警視庁に再就職でもしたの?」

「再就職ね……」

まさか、というふうに肩を揺すったものの、春日の脳裏によぎったことがあった。

警察庁には「再任用警察官」と呼ばれる制度がある。一般企業にたとえたら、定年を迎えた社員を顧問として雇うようなもので、ベテラン捜査官のノウハウを捜査に生かし、若い捜査官の教えともすべく、定年後も再任用警察官として再雇用するシステムだ。最近では、再任用警察官の採用人数は年間四百名にも及んでいる。

もしも春日がその立場を望めば、採用されるのは間違いなかった。だが、定年当時の春日には、気分転換が必要だった。だからその制度を利用することなど考えもしなかったが、いまとなっては組織に残らなかったことを後悔するほうが大きかった。とくに、こうやってひさしぶりに捜査現場の第一線にいる気分を味わったあとは。

「それじゃ、ちょっと部屋で考えごとをするから、茶漬けができたら運んでくれ」

春日は、納得のいかない顔をしている由起子に向かって言った。

「それからいいニュースを聞かせてやろう。不思議なことにな、足の痛みがなくなっちまったよ。もう引きずらなくても歩けるんだ。やっぱり刑事にとっての特効薬は、事件の捜査だな」

あぜんとするふたりをあとに残して、春日は足を引きずることなく、自分の部屋に向かった。

部屋に入り、刑事のころからずっと使っている木製の机に向かって座ると、春日は背広を脱いで、三十年前に使っていた手帳を内ポケットから取り出した。

三ページだけ余白が残っていたその手帳は、護堂修一の家を辞すころには、新たな書き込みでいっぱいになっていた。そこの部分を広げながら、春日は机に置いた蛍光灯スタンドのスイッチを入れた。

青白い光に照らされて、きょう記入したばかりの自分の筆跡が鮮やかに浮かび上がった。それは護堂修一の話の要点だけをかいつまんで、刑事時代に学んだ速記で走り書きしたものだが、そのメモを見ながら、春日は、千石健志郎の過去を語る護堂の言葉を細かく思い起こしていた。

2

「千石は、大学を出ると銀行に勤めました。最初の赴任先は、青森支店でした。ですから、東京で就職した私とは物理的に会うこともなくなり、電話のやりとりが何度かあったきりです。最後は、こんど鹿児島の支店に転勤になったという連絡でした。『ふざけてるよな、人をなんだと思ってるんだ』と、千石はずいぶん怒っていました。いくら銀行では転勤があたりまえとはいえ、青森から鹿児島なんて日本列島縦断じゃないか、というようなことを愚痴《ぐち》っていました。私としては、日本全国に支店があるのは立派な銀行の証しだからいいじゃないか、と慰めたんですがね」

由起子が部屋に入ってきて、お茶漬けを載せたお盆を机の端に置いた。だが、ありがとうの礼を言うのも忘れて、春日は護堂の言葉を思い出す作業に没頭していた。
いまの若い刑事はあたりまえのようにＩＣレコーダーを使うが、退職間際でも、春日はそうした機器に頼ることはめったにしなかった。録音しているから、あとで何度でも聴き直せばいいと思うと、相手の話を聞く姿勢に集中度が欠けるからだった。
集中して話を聞いていれば、わずかな量のメモでも、それをもとに、あとになって相手の言葉は復元できる。そういう信念を春日は持っていた。だから彼は、きちんと速記も学んでいた。そして、会話を正確に記憶するトレーニングも積んでいた。

《その連絡を最後に、千石との直接の接触はなくなりました》

ポイントとなる発言を字で書き留めておけば、護堂がそのあとに語った言葉が具体的によみがえってくる。

「しかし、いまから十六年前、さっきお話ししたように、早苗の後見人になることが決まったので、千石には知らせておいたほうがいいと思い、ひさしぶりに連絡をとることにしたんです。そのとき彼は、すでに銀行を辞めており、同窓会などの名簿にも古い住所しか載っていなかったために、共通の知人などを介してようやく居場所をつかみ、手紙を出しました。早苗の写真を添えてね」

護堂はそのときの写真の焼き増しをまだ持っていて、春日に見せた。十四歳の早苗には、現在ほどではないが、すでに千石健志郎の面影がみてとれるようになっていた。しかし護堂は、そのときは早苗が千石の子どもではないかという疑いなど、かけらも抱いていなかったという。

「早苗があれこれ騒ぎ出したいまになって、この写真を見れば、十四歳の早苗の顔立ちには、なるほど千石に共通する雰囲気があるようにも思えます。しかし、それは先入観をもって見れば、という話です。じつはいまだに私は、この点に関しては早苗と見解を異にしているんです。ほんとうにこの子の父親が千石なのか、と半信半疑なのです。もちろん、いずれは科学的な裏付けで、それをはっきりさせねばならないでしょうが……。

それで話を戻しますが、当時の千石は秋田にいることがわかりました。知人が教えてくれたところによれば、千石は日本各地の支店を回った銀行員時代に、秋田で新興宗教の教祖を上得意に持ったそうです。教祖といっても女教祖です。六十過ぎのオバちゃんだそうです。知人も又聞きの話で確かじゃないんですが、秋田支店から離れたあとに、千石がその女教祖に不適切な便宜を図っていたことが露見したようで、事実上のクビに近い形で銀行を辞めざるをえなくなった。そうなってしまいますと、千石はその女教祖を頼るしかなくなって、ヒモのような形で秋田に住むようになったとか……。

私が早苗の後見人を引き受けたと手紙で彼に知らせたのは、そういう時期でした。返事ですか？　いや、こなかったですね」

妻の由起子があきれ顔で部屋を出ていったのにも気づかず、お茶漬けから立ち上る湯気が目の前に漂ってきても、それが机の端に置いてあることにも気づかず、そもそもお茶漬けを頼んだことさえ忘れて、春日は護堂の話の復元に集中していた。

「その翌年に千石が結婚したという噂も、やはり人づてに聞きました。相手は秋田の娘さんらしいですが、例の女教祖と千石の関係がどうなったのか、そのへんはまったく知りません。それから長い時を経て、あれは一昨年でしたかね、突然テレビで透視捜査官・千石健志郎として登場したので、びっくりしたしだいです。

有名人になってからの千石と連絡ですか？　いいえ、連絡は一切とっていませんよ。いくら大学時代に仲がよかった男でも、社会に出てから三十年近く経てば、人間性だってどう変わるかわかったもんじゃない。ただ……今回、早苗が千石健志郎は連続殺人犯だなどとネットで書き立てたから、いよいよ彼とは再会せねばならないかなと思っているところです。じゃあ、このあとは早苗におききください」

そして春日の手帳の最終ページには、黛早苗が語った話の要点が並んでいた。それに目を通す元刑事の脳裏には、護堂の声に代わって早苗の声が聞こえてきた。

「会社の人には、いまでも言えません。あれだけネットで透視捜査官・千石健志郎を告発しても、このことを書く勇気だけは出ませんでした。私と直接お会いになって、春日さんはもうお気づきでしょうけれど、私の父は千石健志郎です」

春日は、黒縁メガネのレンズの奥から射るようなまなざしで語る早苗の顔が忘れられなかった。

「私の出生にまつわる真実は、祖父母から聞かされていたような話ではなかったのです。母が高嶋さんを愛し、高嶋さんも母を愛していた時期に、私は生命を授かったのだと教えられてきましたけれど、実際には私の父親は高嶋真彦さんではなかった。千石健志郎だったんです」

春日に訴える早苗の横で、護堂修一は黙って目を閉じていた。

「千石健志郎という名前は、もちろん祖父からも祖母からも聞かされていました。それまで父と信じていた高嶋真彦さんの最後の告白を聞いた人物として、そして『父』の自殺の巻き添えをくった人として、その名前が出てきていたのです。祖父母の受け止め方は、千石健志郎とは、母の異性関係のもめごとに巻き込まれて、大変な迷惑をかけてしまった人、というものでした。善意の友人というイメージでした。

でも、去年の六月でしたでしょうか、連続殺人事件の容疑者が名古屋のアパートで自殺をしていることを透視で読み取り、実際そのとおりに死体が発見されたことで一気に世間の注目を集めた透視捜査官の名前が千石健志郎と聞いて、私はびっくりして、すぐにネットの動画サイトでその番組をチェックしました。そして千石健志郎の透視能力がどうこうよりも、その動く姿を見て、衝撃で凍りつきました。

この人が私の父親なんだ！　そう思ったからです。

私はあの人の血液型は知りません。けれども、そんなものを調べなくてもわかるじゃないですか。ほんとうの親子って、そういうものでしょう？　愛情があるとかないとか、心の絆があるとかないとかは関係なく、血のつながりは当人どうしにはわかるものなんです。その動画を見て、母の死に関してこれまで理解していたストーリーが、心の中で一気にひっくり返るのを感じました。それだけではありません、護堂さんが私の後見人になってくださった意味が、初めてわかったんです。私は護堂さんを問い詰めました。私は高嶋さんの子どもじゃないんですよね。千石健志郎の子どもなんですよね。そうだとわかって、私を引き取ったんですね、と」

早苗は、春日から護堂に目を向けた。しかし護堂は目を閉じたまま、なにも反応を示さなかった。

「護堂さんは、たったいま春日さんに、私と千石健志郎の関係については半信半疑と言われましたが、私が問い詰めたときには、何もおっしゃいませんでした。でも、私はそれが答えだと受け止めました」

早苗がそう言っても、護堂はなお、目を閉じたままだった。

その反応を見て、春日も早苗と同様に、彼の沈黙は肯定のしるしだと受け止めた。護堂修一は、旧友の千石と早苗の関係に感づいていながら、早苗を引き取ったのだ、と。

「そして去年の暮れにまた『真実のレンズ』の放送があるのを知って、こんどはリアルタイムでしっかりとあの人の姿を見ました」

春日に向き直って、早苗はつづけた。

「録画もして何度も見返しました。間違いありません。やっぱり私の父は、千石健志郎だったんです。しかも、よりによって、あの人の本を担当者として作れと命令されるなんて……。あまりにもひどすぎる運命に、私は混乱しました。それで会社の会議の席で、千石健志郎が信用できない人物だと一気にまくし立てたんです。ただ、そのときは、千石健志郎こそ私の父親だ、ということまでは言えませんでした。あくまで高嶋さんが父であり、

3

千石健志郎は父の友人だという前提で語りました。勇気がなかったんです。真実に気づいていながら、それを口にする勇気が出なかったんです。

けれども、そのときから私の中で何かが爆発しました。母の死について、娘である私が真実を突き止めていかなければいけない、と強く強く思いました。それで私は、自分のブログを使ってあの人の耳に届くように叫んだんです。過去の過ちを認めて、人間としてやり直してほしいって。千石健志郎が私の父で、その彼が母を殺し、母の愛していた高嶋さんも殺したという新しい事実が明らかになったとしても、私にとっては、真実を偽られたままでいるよりはずっとマシでした。『真実のレンズ』という番組に出ているのだったら、あの人こそ自分の真実を語るべきだと思って、ブログにその気持ちを書き記したんです」

「いやあ、ちょっと待ってくださいよ」

春日が手にしたボールペンで頭を叩きながら言った。

「となると、三十年前の捜査の前提そのものが間違っていたと、そういうことになってきましたね。いや、これはまいった」

ボールペンの動きを止めて、春日は早苗をじっと見つめた。

「早苗さん、私はきょう新宿堂出版で初めてあなたにお目にかかったとき、千石健志郎によく似ているじゃないか、と直感的に思ったんです。そしていま、あなた自身の口からも千石氏の娘である確信が語られた。そうしますとね、三十年前の我々は、なんともバカげた見落としをしていたことになる。残された赤ん坊は、高嶋さんと京子さんとのあいだに生まれた子であることを大前提として、事件性の有無を捜査していたからです。それ以外の可能性は考えてもみなかった。しかし、あなたの父親が千石氏であるならば、これはぜんぜん話が違ってくる。お母さんは、ふたりの男を愛していたことになるからです」

「いいえ、私はそうは思いません。母が二股をかけていたなんて、絶対にありません」

早苗は、いちども会話を交わしたことのない母親のモラルを必死に弁護した。

「祖母から聞かされてきた母の人柄は、まじめそのものでした。護堂さんからもそのように聞かされています」

横で護堂が、目を閉じたまままうなずいた。

「だから私が千石健志郎の子どもであるならば、きっと母は無理やり犯されたんです。絶対に合意のうえの愛なんかじゃなかった」

「早苗の主張は、基本的に正しいと思います」

ようやく護堂は目を開け、言葉を発した。

「早苗が千石の子どもなのかどうか、それはきちんとしたDNA鑑定が行なわれるまで、私は安易に決めつけたくはないのです。ただし黛京子という女性が、ふたりの男性を弄ぶような人間でなかったのは間違いありません。彼女は高嶋を心から愛しており、そのことは周囲の全員が知っていました。一方で、彼女が千石とつきあっていたところを目撃したり、そんな告白を京子から聞かされた人間はひとりもいないのです。それでもなお、千石が京子を孕ませていたと仮定するならば、それは早苗が言うように、かぎりなくレイプに近い状況であったことが想像されます。もちろん早苗にとっては、非常に残酷な事実になってしまいます。だから私は認めたくないのですが……」

「私は平気です」

早苗は、黒縁メガネのレンズを照明にきらめかせながら言った。

「結果的に、私がレイプで生まれた子であったとしても、そんな心の痛みは、母が受けたものに較べたら、なんということはありません」


そこまでのやりとりを思い出しながら、春日は手帳の最終ページのいちばん下の部分に目をやった。

もう、まったく余白がなくなってきたところへ、春日はぐんと字を小さくして、早苗が話を語り終えるさいに付け加えた言葉を書き込んでいた。

《母・京子は二十一歳で死にました。いまの私は三十歳です。私は母より、もう九年も長く生きてしまいました。母の年齢をいつのまにか追い越してしまいました。その事実に、涙が出てきます。母の人生のあまりの短さに、涙が出てきます。そして自分が誕生日を迎

えるたびに、どんどん母を過去に置き去りにしていくようで、私はいつも謝っているんです。お母さん、ごめんなさいって》

胸に染み入る言葉だった。

だが――

黛早苗が、もしかするとレイプの結果生まれてきた子どもだったかもしれない、という前提で火事と車の転落をふり返ると、そこに新たなドラマの可能性が浮上してきた。

4

それは、火災発生直後に高嶋真彦が抱いていた赤ん坊、すなわち早苗を、近所の老婆に押しつけたタイミングが不自然だという、あの問題とも関わるものだった。春日の脳内スクリーンに、焼け落ちた木造アパート「面影荘」のイメージが投影され、ついでそれが、実際には見ていない炎上シーンに取って代わられた。

(高嶋は出火した黛京子の部屋から、生後三週間の早苗を抱いて飛び出し、その赤ん坊を近所の老婆に押しつけたまま、もうその場には戻ってこなかった。

だが高嶋は、親友である千石の裏切りを知らなかったのだから、赤ん坊が自分以外の男によってつくられたかもしれないという疑念はゼロだったはずだ。そうであるならば、我が子を他人に押しつけたまま、炎上する火災現場から姿を消すような行動をとるだろうか。たとえ出産を望まず、認知もしたくなかった赤ん坊だったとしても、高嶋はそこまで無神経で無責任な男だったのだろうか）

春日は手帳を閉じた。同時に自分の目も閉じた。

そして無言でつぶやいた。

（ひょっとして、高嶋は最愛の京子が千石にレイプされたことを、どこかのタイミングで知ってしまったのでは？）

沈思黙考をさらにつづけると、こんどは小太りで頭の禿げ上がった護堂修一の、いかにも人の良さそうな顔がまぶたの裏に浮かんできた。護堂の存在もまた、大きな疑問のひとつであった。

（護堂は、なぜ黛早苗を引き取るところまで深入りしたんだろう。いくら大学時代に仲のよかった黛京子の遺児だからといって、そこまでのめり込めるものだろうか）

単純な疑問だった。だが、重大な疑問だった。これに関しては、初対面の護堂を問いただしたところで本音は引き出せまいと判断し、今夜のところはふれずにいた疑問点でもあった。

（護堂は、黛早苗の父親がじつは千石健志郎であるとわかっていて、早苗の後見人を引き受けた。それでいながら、千石とは積極的な連絡をとろうとせず、それどころか彼の出演番組も見ないようにしていると言った。大学時代に親しくても、社会に出てから三十年も経てば、人間性もどう変わるかわからない、とまで言った。

おそらくそれは、千石が京子をレイプしたという認識からきた嫌悪感だろう。そんな男が父親なら、絶対に早苗を引き渡すわけにはいかないと考えるのも当然だ。しかし、嫌悪感を抱くような男の血を引く早苗を、なぜ護堂は引き取ったのか。たんなる同情だけでは、とてもできない行為だ。もしかして、護堂は護堂で京子に恋心を抱いていたという可能性もあるんじゃないのか？　娘の早苗に、女子大生時代の京子の面影を感じて……）

春日は目を閉じたまま、さらに考えた。

（早苗が引き起こしたネット上の糾弾騒ぎ《きゅうだんさわ》にも大きな疑問がある。いかなる根拠で千石健志郎を殺人犯扱いできるのか、という点でだ。

たしかに早苗は火災発生現場にいた当事者であり、火災発生から高嶋が自分を抱いて脱出するまでの一部始終を「見て」そして「聞いて」いた。だが、生まれて三週間の赤ん坊にとっては、何も見ず、何も聞いていないも同然なのだ）

春日は目を開け、閉じていた手帳のページをまた開いた。今夜のメモではなく、三十年前の捜査メモの部分から「あの証言」を書き留めた部分を捜し出した。黛京子の隣の部屋に住んでいたサラリーマンの証言だ。

《えーとあれは、たぶん火が出て大騒ぎになる三十分ぐらい前だったでしょうか、私はふとんに横になって読書をしていたんですが、隣の部屋で大きな声がするので、おもわず起き上がって聞き耳を立ててました。男の声です。「なぜ産んだ」と叫んでいました。すると女の声で――これは住んでいた黛さんの声だと思いますが「あたりまえでしょう」と叫び返す声がして、「あなたにそんなことを言う権利はないんだから！」とつづけました。そのあとドスンという音がして、つづいて赤ん坊の泣き声がしました。黛さんが赤ちゃんを産んだのは知っていましたから、ああ、これは産む産まないの揉め事があったんだな、と思いました。そのあとしばらくして、外階段をダンダンと音高く下りていく足音がして、それから……そうですね、一、二分してから「火事だ！」という叫び声が、表の道路から聞こえてきたんです》

（生後三週間の早苗は、この場面の「ただひとりの客観的な目撃者」だった。だが、網膜と鼓膜で真実をとらえていても、その状況を理解することも記憶にとどめておくこともできなかった。その彼女が、いったいどんな確信があって、あそこまで激しく千石健志郎を糾弾できるのだ。たんなる憎しみか？　それとも彼女をあおる人間がいたのか？　もしいたとすれば、それは後見人を自任する護堂ではなかったのか）

春日はまた手帳を閉じ、目も閉じて思考にふけった。

しばらくして、彼の嗅覚が、鼻先に漂う茶漬けの香りをキャッチした。それでまぶたを開けた。ようやく春日は、机の端に置かれた盆に気がついた。

（なんだ、いつのまに由起子が入ってきたんだ。またあいつ、お父さんは「ありがとう」のひと言も言わないんだから、なんていうふうに、あとで文句をたれるんだろうな）

午前二時半を指している掛時計を見上げながら苦笑すると、春日は思考を中断して、茶漬けの入った茶碗を引き寄せ、箸《はし》を手に取った。

（いろいろ根を詰めて考えすぎた。ちょっと頭休めに落語でも聴くか。食事のときぐらい、のんびりリラックスしないと胃に悪いしな）

箸をつかんだまま、春日は右手を傍らの本棚に伸ばした。上から二番目の棚に、年季の入った古めかしいラジカセが置いてあった。カセットテープからＣＤに、ＣＤからＵＳＢスティックタイプやｉＰｏｄなどの超小型メディアへと音楽再生機が進化していっても、春日はこのラジカセを手放すつもりはなかった。

刑事時代の春日は、ときには捜査一課の大部屋にまでこのラジカセを持ち込んで、大好きな落語のラジオ放送があるときに、マメにそれをカセットテープに録《と》っていた。そのストックは膨大な量に上っており、いまだにCD化されていない噺家《はなしか》の貴重な音源が山ほどあった。

いまもそのラジカセには、昭和の時代に落語放送を録音したカセットテープが入っていた。それを聴きながら茶漬けを食おうと、再生ボタンに手を伸ばしたとき――

突然、彼の頭にひらめいたものがあった。

「ラジカセだ」

春日は声に出してつぶやいていた。

(千石健志郎は、自殺ダイブ決行直前に高嶋から聞いた告白の中で、高嶋は京子をラジカセで殴りつけた、と言った。しかし、おれは当時からその証言に違和感を覚えていた。ラジカセで殴りつける？　そんなことをするものか？　と……。

けれどもおれは、頭蓋骨にヒビが入るほどの凶器となりうるラジカセ本体にこだわりすぎていなかったか？　問題はラジカセ本体ではなく……)

春日の視線は、ラジカセの中に入っている落語のカセットテープに向けられた。

(そこに入っていたテープの中身が問題だったんじゃないのか？)

# 5

同じころ、協和映像のユキヒロという若者と別れた長谷川美枝子は、透視捜査官・千石健志郎のトリックの少なくとも三分の二がわかったと、勢い込んで向井明の携帯に連絡を入れた。こういうときは、美枝子はいまが午前二時半であり、相手が寝ているかもしれないなどといった配慮など、まったくしない女だった。少なくとも向井明に対しては。

「聞いて、聞いて、聞いて」

熟睡中であってもおかしくない時刻のわりには、向井の声が明瞭であることにさして疑問も抱かず、美枝子はたたみ込んだ。

「いま協和映像の若いアルバイト社員と話していたの。『真実のレンズ』の孫請けプロダクションの子よ。彼が言うにはね、千石健志郎は『真実のレンズ』の中で三回、奇跡的な透視能力を発揮した。でも、そのうちの二回は、バカみたいにかんたんなトリックだったというのよ。ううん、トリックとも呼べないほど単純なものだった。それは……」

美枝子の言葉の途中で、向井が割り込んだ。

「三回のうち、仕掛けがわからない一回はどれなんだ」

「いちばん最近のやつ。青梅市郊外の沼から行方不明少女の死体が出てきた件。あれだけは、どうなっているのかわからないって言ってたわ」

「とにかく長谷川美枝子としては興奮しているわけだ。千石健志郎の透視能力がインチキだったという証拠をつかみはじめて」

「そりゃそうよ。決まってるじゃない」

向井の口調が妙にさめていることにも気づかず、美枝子はつづけた。

「あとは残り一個のトリックをあばけば、千石健志郎の透視伝説は完全に崩壊する。その残り一個についても、きっとこれまでの応用編だと思う」

「なるほど」

「これで私のつぎの作品は大ヒット間違いなしよ」

「そりゃよかった」

「どういうトリックだったか、知りたいでしょ」

「いや、べつに」

そこで初めて、美枝子は向井の反応がおかしいことに気がついた。

「なんで？　知りたくないの？」

「つまりそれは、ぼくに千石健志郎の訴訟代理人となるのが無意味だと伝えたいためでもあるんだよね」

「もちろんそうよ。インチキ霊能者の味方をすることで、明に大恥をかいてほしくないから。明にピエロになってほしくないから」

「それはお気遣いありがとう」

どこまでも淡々とした口調で、向井は言った。

「そして長谷川美枝子は、その本の大ヒットでハワイに買ったマンションのローンを完済できるわけだ」

「そういうこと」

「じゃあ、ぼくも言おう。美枝子にピエロになってほしくないからね」

「え？」

「千石健志郎は予定どおり訴訟を起こす。その訴訟代理人は、予定どおりぼくが引き受ける」

「ダメよ」

美枝子が叫んだ。

「そんなことをしたら、弁護士としての明の名前に傷がつくってば。だいたい、ブログでピーピーわめいている女を告訴するなんてセコイ訴訟にかかわっちゃダメ。明はもっと仕事を選ばなきゃ」

「もちろんぼくも、最初はそう思っていたよ。インチキ透視術の片棒を担ぐのはまずいだろう、と」

「当然よ」

「だからぼくは千石氏に対して、代理人を引き受けるうえでの条件を出したんだ。彼が『真実のレンズ』で発揮してみせた透視能力——こいつが本物なのかニセモノなのかを正直に教えてほしいと。もしも、私の透視能力は本物です、何を疑っているんですか、失礼な、というふうに反応してきたら、ぼくは彼の代理人を務めるのはやめようと思っていたんだ。ところがね」

美枝子の耳に押し当てられた携帯から、意外な結論を告げる向井の静かな声が聞こえてきた。

「千石はあっさりと答えた。すべてインチキですと」

「ええっ！」

思いもよらぬ展開に、美枝子は叫び声をあげた。

「本人が、そう言ったの？」

「ああ。せっかく美枝子が独自に取材したのに、かわいそうだけどね」

「じゃ、明はぜんぶ、そのタネ明かしを聞いたのね」

「うん」

「三つ目の真相も？」

「そうだ。青梅の沼に沈められていた少女の遺体を特定できたいきさつについても、千石はぼくに語った。これはじつに衝撃的な真相だった」

「そうか、千石自身が犯人だったのよね。千石本人が少女を誘拐して、その子を殺して沼に沈めたのね。私、それしかないと思っていたのよ」

「違うよ。もしもそんな事実だったら、あっさり告白すると思うかい」

「じゃ、なんなの」

「それは明日のおたのしみだ。……あ、日付的にはもう『きょう』か」

「なによ、そのおたのしみっていうのは」

「千石健志郎はきょうの午後、記者会見を開く。その通知はぼくのほうから朝一番でマスコミに通知する。そして、その記者会見にはぼくも同席する」

「明……」

美枝子は、予想外の展開に言葉をふるわせた。いつもの長谷川美枝子らしからぬ混乱が声に出ていた。

「どういうことなの、それ」

「いまは言えない」

「なんでよ！　私と明の関係じゃないの」

「ぼくはきみとの関係はこれからも大切にしていきたいと思ってるよ。でも、言えないものは言えないんだ」

「ほんとうにその会見に、明は代理人として同席するのね」

「いま言ったとおりだよ。よかったら会見を録画しておいてくれるかな。ぼくもあとで見たいからさ」

「バッカじゃない、明！」

美枝子は、ついに電話口で怒りだした。

「もうあんた、サイテー。じゃ、もういいいっ！」

「なにが『もう、いい』なんだ」

「明とは別れる！」

「はあ～……」

向井は気の抜けたような声を出した。が、その反応がまた美枝子の気に入らなかった。

「なんなの、その『はあ～』っていうのは。これだけ私が明のことを心配して、明の名誉を守ってあげようとしているのに、少しも私の気持ちがわからないのね」

「ねえ、美枝子」

「猫なで声はやめて」

「にゃ～ん」

「ふざけないでよ！」

「怒りたいのはわかるけど、すべては明日の会見を見てからにしてくれないかな」

「待てません。もう、おたくとは別れます」

「おたくね……」

向井の声は笑っていた。

「なにがおかしいのよ」

「いや、べつに。でも、ぼくがどれだけ美枝子のことを愛しているか、それが理解されないのは悲しいなと思って」

「どこが悲しんでる声なのよ。冗談じゃないわ」

「じゃ、美枝子、きみを愛している証拠として、ひとつだけ千石健志郎が行なう記者会見に関する秘密を教えておいてあげるよ。千石氏が訴える相手は黛早苗ではない」

「違うの？」

「ぼくに率直な事実をぜんぶ打ち明けたあとで、千石氏は気づいたんだよ。自分が訴えるべきは早苗ではない。別の人物なのだ、と」

「誰なのよ」

「だから、それは明日のおたのしみだって」

「もったいぶらないで教えなさい」

「そんなに関心があるんだったら、あとで記者会見の時間と場所を教えるから、美枝子も取材記者のひとりとしておいでよ。取材パスを発行するのはぼくの役割なんでね。特別の便宜を図ってあげるから。会見には東都テレビの『真実のレンズ』のスタッフも呼ぶつもりだから、美枝子としてもこない手はないと思うけどね」

「とにかく、千石健志郎は誰を訴えるのか、それを教えなさいって」

「長谷川美枝子だよ」

「私？」

美枝子は、大きな声を出した。一瞬だが、彼女は本気になっていた。

「なんで私を訴えるのよ」

「海外リゾート地に買ったマンションのローンを支払う目的で、千石健志郎氏について興味本位の本を出版し、その名誉を傷つけようとした罪でね」

「明！」

「あははは……それじゃね」

ついに千石健志郎が誰を訴えるのかを明らかにしないまま、向井明は携帯の通話を切った。そして、このあと美枝子が何度電話をかけてきても留守番電話になるようにセットしておいた。

当然美枝子は、夜中であることなどおかまいなしにマンションに押しかけてくるだろうと、向井には彼女の行動が容易に想像できた。しかし、いま向井がいるのは彼の自宅マンションでもなければ、弁護士事務所でもなかった。

深夜の二時を回ってから、向井は急遽ホテルの部屋を予約した。東都テレビがとってくれていた部屋とは較べものにならないほど質素な、事務所のそばにあるビジネスホテルのシングルルームだった。

その気になれば、東都テレビが手配した一流ホテルの部屋は、チェックアウト時間である正午まで使うことができた。しかし向井は、そのあたりはきちんと割り切っておこうと決めて、自分で新たに部屋をとった。一泊わずか六千円のシングルルームである。さらに隣にもう一部屋、同じタイプの部屋をとっていた。最終的に、これは千石に請求することになるが、いくら彼がいま話題の有名人であっても、ほんの数時間の滞在のために、豪奢《ごうしゃ》な部屋をとるのは無駄というものだった。

時刻が午前三時になるのを確かめてから、向井は部屋のドアまで歩いていき、壁際のキーボックスからキーを引き抜いた。自動的に部屋の明かりが消えて真っ暗になった。先にドアを開けておくべきだったと思いながら、向井は闇の中で手探りをして、ドアノブをつかんだ。そして廊下に出ると、隣の部屋をノックした。

「はい」

中から男の声が返ってきた。

「向井です。おやすみになる前に、明日の会見の段取りを打ち合わせしておきましょう」

ドアが開き、中から作務衣姿の千石健志郎が顔を覗かせた。

# 第七章　決断の記者会見

## 1

「ちょっと、これ、どういうことなの。説明してちょうだい、向井先生！」

二月五日、午後一時すぎ――

千石健志郎の記者会見場となった、都内中央区にある中央テレビの第三スタジオに、ディレクターの竹山章吾をともなって現れた東都テレビプロデューサーの久住知恵は、向井明の姿を見つけると彼の腕をつかんだ。

会見は一時半スタートとなっており、会見場の第三スタジオにはすでに取材陣がカメラの位置取りのために入ってきていた。その前で揉め事を展開すれば、たちどころに自分たちにカメラが向けられるのを同業者としてよく知っている久住は、顔は般若《はんにゃ》のように険しかったが、必死に声は抑えていた。

だが向井の腕をとったまま、スタジオ裏に並ぶ楽屋まで引っ張っていくと、急に久住の動作が乱暴になった。空いている部屋が三つ並んでいる一角を見つけると、その真ん中の部屋に向井を突き出すようにして入れ、自分も入ってドアを閉めた。いっしょについてきたディレクターの竹山は廊下に取り残された。

「先生、なんて勝手なことをするのよ！　聞いてないわよ、こんな会見！」

久住知恵は血相を変えて食ってかかった。「聞いてない」と言って怒り出すのは放送業界よりむしろ芸能業界の噴火の定番だったが、久住の怒り方は、まさに千石健志郎のチーフマネージャーは自分であるという認識が、いまもはっきりあることを示していた。

しかし仕事柄、ときに暴力団にすごまれることも珍しくない向井は、この程度のことで動揺したりはしなかった。楽屋の壁にいくつも並んでいる鏡に向かって、自分のトレードマークであるニューヨーク風オールバックの髪型が乱れていないかを確認すると、椅子のひとつに座り、久住にも座るように勧めた。

だが、久住は立ったまま向井を見下ろしてつづけた。

「千石健志郎は、うちの番組のスターよ。東都テレビが発掘した金の卵で、東都テレビが育てて大きくしてきたのよ。それがなに？　ここはどこ？　ねえ、ここはいったいどこなのよ」

楽屋の床を指さして、久住は怒鳴った。

「ここは東都テレビ？　違うでしょう。中央テレビでしょう。なんで千石が中央テレビで記者会見をやらなきゃいけないの。そして何の会見なの」

昨日は向井の前で、千石を『千石先生』と呼んでいたのに、それがうわべだけの持ち上げ方であったことを久住知恵は露呈していた。

「あなたね、いつから千石健志郎のマネージャーになったのよ」

「マネージャーではありません。法定代理人です。昨日、久住さんは千石さんのことを、ウチの局が全面支援するにふさわしい人かどうかわからなくなったとおっしゃいました。それから次回の放送は千石さんナシでいくとおっしゃいました。つまり、それは千石さんを切ったということですよね」

「切ってないわよ。切るかもしれないというだけで」

「これは千石さんと確認したことなんですが、彼はどこのプロダクションとも専属契約を結んでいません。しかし、東都テレビとの専属出演契約はたしかに存在しています。私も、けさがた文面を千石さんの自宅からファックスで取り寄せて精読しました。半年ごとの契約で、昨年の九月一日付で最新の更新がなされています。つまり、その契約の有効期間は今月末まである」

「そうよ。だから、彼が今後の番組に出なくなったとしても、契約を双方合意のうえで解除しないかぎり、依然として縛りはかかっているのよ。契約が生きている以上は、こういうことはできないのよ」

「いいえ、これは中央テレビの番組に出演するのではなく、中央テレビのスタジオを借りて記者会見を開くにすぎず、そこまで制約することはあの契約ではできません」

「それはそうだけど、ほかにも決めごとがあるのよ、千石とは」

「承知しています。契約書ではなく、念書という形で別途、東都テレビとの約束があることは千石さんから聞かされました」

「あんた、それも見たの？」

久住の表情に狼狽《ろうばい》の色が走った。

「見ましたよ。いっしょにファックスしてもらいましたから。『真実のレンズ』の番組制作上で知り得た秘密を口外してはならない、という内容でしたね」

向井の目が鋭くなった。

「それにそむいた場合は、千石さんが東都テレビに対し、これまで得た出演料を全額返還したうえに、さらに違約金として一千万円を支払わねばならないことになっています」

「そのとおりだわよ。だから、この会見はそれなりの覚悟があってやってるんでしょうね、ってことなのよ」

「なぜ、そこまでの念書をとらねばならなかったんですか」

「それはね……」

ちょっと言いよどんでから、久住はうまい答えを見つけたといったふうにつづけた。

「被害者のプライバシーを守るためよ。あの番組は、コールドケースと呼ばれる未解決事件や、現在進行中で警察の捜査が膠着《こうちゃく》状態になっている事件を取り上げていくわけ。当然のことだけど、番組で取り上げた事件の被害者家族とか、一般視聴者から寄せられた情報に対する守秘義務というものがあるわ」

「それはそうだと思います。でも、厳しい制裁条項を加えた異例ともいうべき念書をとったのは、もっと別の秘密を守るためではなかったんですか」

「ちょっと向井先生」

久住の血相が変わった。

「それを会見で千石に言わせるわけ？　ね、言わせるわけ？」

「……」

「千石はどこにいるのよ。ねえ、どこなの。このへんの楽屋？」

「申し上げられません」

「あんたね、弁護士のくせに私を脅すつもり？　訴えるわよ」

久住は鼻の穴を広げ、大きな声を出した。

「竹山、入ってきなさい！」

その声で、廊下に控えていた竹山が飛んできた。

「この人はね、とんでもないことをしようとしてる。うちの番組の秘密を、他局のカメラが揃《そろ》っている前で暴露しようとしているのよ。あんたね、急いで千石を捜しなさい。見つけたらひっつかまえて、すぐにこの局の建物から出しなさい」

「そういうことは、おやりにならないほうがよろしいです」

あくまで冷静に、向井は言った。

「今回はマスコミだけではなく、関係者も会見に招いていますから」

「誰よ、関係者って」

「それは会見の中でわかっていくと思いますが、その中には、先般ネットで騒がれた千石健志郎さんに関する出来事の関係者も含まれています」

「あの女も呼んだの？　新宿堂出版の黛早苗」

「そうです。さらに早苗さんから、この人たちも同席させたいという要望もありましたので、その方もいらっしゃいます」

「それは誰なのよ」

「どうやら、当時の捜査担当者もこられるようです。すでに引退はなさっておられますが、元捜査一課の刑事さんです」

その肩書きに、久住はひるんだ。

「いまの千石健志郎さんにとって必要なのは名誉の回復です。この会見の最大の目的はそれです。しかし、その名誉の回復を語るためにはいろいろな背景をすべて打ち明けなければならない、ということなのです。千石さんは、その決意を最終的に固められたんです。ほんとうに腹をくくられたのは、けさなんですけどね」

そこで向井は立ち上がった。そして、毅然とした口調で言った。

「久住さんたちには、この記者会見を妨害する権利はありません。力ずくで千石さんを連れ出そうとしたり、会見中に妨害行為を行なったら、こちらも法的な対応をとらせていただきます。それからこの会見は、民法各社の昼のワイドショーで生中継されます。さすが、『時の人・千石健志郎』ですね。生中継をなさらないのは、どうやら久住さんたちの局だけのようですが……。ともかく、あなたたちが妨害に入れば、その模様が即座に全国に流れることだけはお忘れなく」

怒りに震える久住と、どうしてよいかわからずうろたえている竹山のあいだをすり抜けて、向井は廊下に出た。

2

千石健志郎の記者会見は、午後一時半きっかりに中央テレビ第三スタジオではじまった。

千石と向井が登場すると、会見場の後方に並ぶテレビカメラに一斉に赤ランプが灯り、カメラマンのストロボが焚かれた。ふだんの千石健志郎を知る記者の中から、意外そうなどよめきがわき起こった。千石がトレードマークの正絹の黒作務衣姿ではなく、黒のスーツを着て、渋い銅色のネクタイを締めていたからだった。人前に洋装で登場するのは、千石にとって初めてだった。それは『真実のレンズ』の透視捜査官・千石健志郎のイメージを拒否するいでたちだった。

ひな壇の中央に千石が座り、その向かって左側に向井が座った。しばらくのあいだは、カメラのシャッター音とストロボの連射がつづき、ころあいを見計らって、司会進行をかねた向井が口を開いた。

「本日はお忙しい中、千石健志郎の会見にお集まりくださいまして、誠にありがとうございます。私は千石さんの法定代理人を務めます弁護士の向井明と申します。まずはじめに、本日の会見の趣旨について、ご案内のさいに、あえて具体的な内容にふれずにおきましたために、皆様の中には取材にあたっての戸惑いも多々おありだったと思います。その点、この場を借りましてお詫びを申し上げます」

頭を下げてから、ふたたび顔を上げるときに、向井は黛早苗を捜した。

だが、テレビライトのまぶしさにまだ目が慣れていないためか、その姿を見つけることができなかった。長谷川美枝子も、向井の態度に怒りながらもきてくれているはずだったが、美枝子の顔もすぐには見つからなかった。その代わり、右後方の片隅から、久住知恵が怒りの炎を浮かべた視線を投げかけてきているのにはぶつかった。

軽くその視線を跳ね返してから、向井はつづけた。

「当初、この会見は、千石健志郎氏に対するネット上での名誉毀損行為に対する訴訟を起こす件にありました。しかし、私と千石さんとの話し合いにより、その一件ではなく、別件について告発を行なう旨の発表をさせていただくことになりました」

会場はシンと静まり返っていた。発言者が主役ではなく脇役の向井なので、いまはカメラのストロボも収まっている。

「告発と申しましても、この場でテレビを通じて全国にアピールするという意味での告発ではありません。法的な意味での告発です。被害者自らが訴訟を起こすのが告訴で、第三者が訴訟を起こすのを告発といいます。では何に対して告発するのか、そして告発する相手は誰なのかということにつきましては、これから千石氏が順を追って述べてまいります。この告発の背景につきまして、皆様に状況を正しく把握していただくために、千石氏はご自身のプライバシーについて、すべてをさらけ出す覚悟をなさいました」

向井は視野の片隅に、久住知恵の顔が引き攣《ひきつ》っている様子をとらえた。

「なお、あらかじめお願い申し上げておりますように、千石さんに落ち着いた状態で語っていただくために、ここから先は写真撮影をご遠慮ください。では……」

向井にうながされ、千石は手元に用意された水差しからグラスに水を注ぎ、それをゆったりとした動作で飲み終えてから口を開いた。

「私は新宿堂出版の黛早苗さんから、三十年前の学生時代に起きたクラスメイトのふたつの不幸な死について、あたかもそれが私の引き起こした殺人事件であるかのような書き立てられ方をネット上でされてしまいました」

千石はそう切り出しながら、向井がやったように、会見場に集まった取材陣の中にまじっているはずの「娘」の姿を捜しはじめた。

だが、予想外に多い取材記者のために、やはりすぐにはその姿を見いだすことはできなかった。事前に向井から、あまり人を捜すような目の動きばかりすると、落ち着きのない印象のテレビ映りになるので控えてくださいと言われていたので、千石は無理に早苗の姿を捜すことはやめて、正面のテレビカメラに向き直った。

そのころ向井は、記者席の中ほどに長谷川美枝子の姿を見つけ、一瞬だったが、たがいに視線を交わしていた。美枝子の表情には、クエスチョンマークがいっぱい浮かんでいた。

「そのブログにおける根拠なき中傷は、私の名誉と人間としての信頼性を著しく傷つけ、仕事にも大きな支障をきたしました」

千石はつづけた。

「ですから、当初は黛早苗さんを告訴する方向で考えておりました。しかし、はたしてそれが事の本質なのだろうか、と、ふと思い返したのです。黛早苗さんの書き込み内容は事実に反する、ということだけを目的にして訴えを起こすのが、ほんとうに私にとってよいことなのか、急に迷いだしたのです。そして向井先生と相談のうえで、大きな方針変更をすることにいたしました。

では、核心部分に入る前に、少しだけ私の経歴についてお話ししておこうと思います。大学を出てから透視捜査官・千石健志郎としてテレビに出るまでの流れです」

久住知恵が、横にいる竹山ディレクターの脇腹をつつくのが、向井に見えた。

3

「私は大学を卒業後、さる大手銀行に勤め、青森支店を皮切りに、まさに日本列島を北から南まで行ったり来たりする転勤族となって過ごしていました。そんな中で、秋田支店時代に大きな過ちを犯してしまいました。さる女性宗教家に、一銀行員としての権限を越えた融通をしてしまったことが内部監査で見つかってしまい、懲戒解雇こそ免れましたが、諭旨解雇の処分を受けてしまったのです。その後、私はこの宗教家に泣きついて――正直に申し上げますが、ヒモのような暮らしをしておりました。

相手は六十を越え、こちらはまだ三十代です。率直に言って、私は性のしもべのような立場を強いられました。資金調達のプランが大きく狂ってしまった責任をとってもらいたいけれど、お金で弁償できないのだったら、身体で返してもらわなきゃしょうがないね、と言われ、逆らうことができませんでした。女性がよく陥ってしまう地獄を、男の私が味わうことになったのです」

いまのくだりは、逆に女性宗教家から名誉毀損の提訴を受ける可能性のある部分だったが、そこを避けては通れないと判断し、千石は宗教家の名前こそ出さなかったが、過去の過ちに具体的にふれた。

「しかし、いつまでもこのような暮らしをしていてはダメだと感じ、私は若い秋田の農家の娘と結婚して、すぐに妻の親戚筋を頼って愛知県の犬山市に移りました。そして、そこで新しいコンセプトのもとで野菜作りをするグループに入って、いわゆるニュータイプの野菜農家として生計を立てていくようになりました」

透視能力を売り物にする千石健志郎の意外な経歴に、取材陣の顔にはいちように驚きの表情が浮かんでいた。

「やがて妻とのあいだにふたりの娘が生まれ、野菜農家としての仕事にも慣れてきましたが、その傍らで、いつしか私は副業的に占いをはじめるようになっておりました。最初は農家仲間を遊び半分でみていたものが、千石さんの占いはよく当たる、という評判が立つようになり、二、三年もするころにはお金を取って鑑定するプロの占い師のようなことをやっていました。

といって、私に特別な能力があるわけではありません。秋田の女性宗教家のヒモになっていた時代に、人をだますノウハウを伝授されており、いつしかその真似をするようになっていたのです。周りの人が、あまりにもあっさりと私を超能力者と信じ、賞賛の言葉を投げてくれるのが痛快で、その快感を忘れられなくなっていったのです」

野菜農家のくだりではポカンとしていた記者たちの目が、徐々に好奇心で輝くようになってきた。

「私がヒモになっていた女性宗教家は、宗教家とは名ばかりで、霊能者を気取って、霊視と称して好き勝手なご託宣を並べ立てていました。本人は超能力者でもなければ霊能者でもない、ただのオバちゃんです。ところが心理学と占いとマジックを融合させて、あっというまに相手に自分の超能力を信じさせてしまう術に長けているのです」

けさがたの向井との打ち合わせで、とくにこの部分をどこまで語るかで、ふたりの意見は割れた。向井は、まさにここが宗教家から最も名誉毀損で訴えられる可能性の高いところだから、あえて詳細は語るべきではないと忠告した。

だが、千石は「すべてを明らかにしないと、いちばん大事なところで私の発言に信憑性がなくなりますから」と言って譲らなかった。

「たとえば、彼女の評判を聞いて、東京や大阪などの都会からわざわざ入信にやってきた人に対しては、ひとしきり相手の顔を眺めてから、『あ〜』と思わせぶりなため息を洩らし、相手が、まるで医者から重病の宣告を受ける患者のような気分になったところで、いきなり四つの断定的な診断を下すのがおきまりの手口です。『胸かお腹のぐあいが悪くて元気がないんだね』『家族のことでいろいろ悩んでいるね』『最近、墓参りをしていないから祖先の霊が怒っているよ』『引っ越しをしたか、これからしようと思っているはずだが、方角がよくないの』——

このように、都会暮らしをしていれば、ほとんどの人に思い当たることを、あたかもその人特有の問題のようにして決めつけ、どうしてわかったんですか、と相手が驚いたら、そこから先は何を言っても信じてもらえる、という暗示のテクニックを彼女は常用していました。また彼女は、宗教とはまったく無縁と思われるマジックの心理トリックもよく使っていました。たとえば『マジシャンズ・チョイス』という手法です。

これはAかBかの二者択一において、相手の自由意志で選ばせたと思わせておきながら、じつは言葉巧みにマジシャンにとって都合のよいほうを選ばせる心理トリックです。仮に、赤い箱と白い箱があって、マジシャンとしては白い箱で演技をしたいと思っているとします。そこで客に『赤か白か、どちらか選んでください』とたずね、客が白い箱を選べば『では、これを使いましょう』と、そのまま白い箱を手に取り、客が赤い箱を選べば『では、これは大事にしまっておきましょう』と排除して、白い箱を残す。このように、客がどちらを選んでも、けっきょくマジシャンの都合のいいほうが選択されるのに、客がその言葉のトリックに気づかない——これがマジシャンズ・チョイスです。

このような心理トリックの数々を組み合わせ、彼女は人の心を言い当てる神のような存在に自分を置くことに成功していました。彼女の言う奇跡とは、少しも客観的な奇跡である必要はないのです。相手が驚く主観的な奇跡であればよいのです。私はそんな教祖の姿勢がイヤで、彼女から逃げるために妻と一緒に秋田を離れたんです。それなのに気がつくと、いつのまにか彼女のコピーになっていました」

千石は自嘲の笑みを洩らし、首を振った。

「やがて私は、卓抜した霊視能力を持つ占い師としての自己演出も巧みになり、ありとあらゆる心理トリックを駆使して、客に対して奇跡の演出を行なうようになっていました。そのうちに、占い師としての活動の場も犬山市から大都会の名古屋に移りました。ちなみに、そのころの私はずいぶん時代がかった『芸名』を使っていました。南原北斎《なんばらほくさい》というものです。ですから名古屋でかなり有名になっても、千石健志郎という本名を知る人はいませんでした。そして、名古屋にすごいカリスマ占い師がいるという評判を聞いた東京のテレビ関係者が訪ねてくるまでになったのです。それが東都テレビの久住知恵プロデューサーでした。あそこにおられますね」

話をしているあいだに、ようやく壇上からその姿を見つけた久住に向かって、千石は人差指を向けた。

報道陣が一斉に後ろをふり返った。

久住知恵は凍りついていた。その横でディレクターの竹山が複雑な表情をしていた。

「久住さんは名古屋ローカルで評判となりはじめていた私を、金の卵になりうる素材だと見込み、人気番組『真実のレンズ』の新しいスターとして、全国区デビューさせようと考えたのです」

4

千石や向井が、インターネットで得た写真をもとに、いくら壇上から黛早苗の姿を捜しても見あたらないはずだった。向井からの招待を受け、いったんは会社の休みをとって、記者会見場に出向くつもりでいた早苗だったが、会社の休みをとったのは予定どおりだったものの、中央テレビには向かわなかった。いっしょに誘おうとした護堂修一が頑強に反対したからだった。

「早苗は絶対に記者会見場などに行ってはダメだ。マスコミの餌食《えじき》になりに行くようなものじゃないか。千石健志郎とのツーショットを撮られたいのか。撮られてしまったら、何を書かれても文句は言えないんだぞ」

向井弁護士から千石の記者会見のことを直接知らされ、しかし決して早苗さんのことを訴える会見ではありませんので、ぜひいらしてくださいと聞かされ、ではいったい千石健志郎は——つまり自分の父は——何をマスコミに向かってしゃべるのだろうと、早苗は気になってしかたがなかった。だから会見場に行こうと決めていた。

だが、護堂が厳しい口調で止めるからには行くわけにいかなかった。早苗にとっては、三十歳になったいまでも、護堂は保護者としての権限を持つ立場にあったので、命令は絶対だった。その代わり、早苗から千石の記者会見が民放各局の昼ワイドで中継されるらしいと聞かされた護堂は、急いで会社を早引けして上石神井の自宅に戻ってきた。そして早苗も呼び寄せて、いっしょにテレビを見ることになった。

それだけ護堂も千石のことを気にしてはいるのだな、と早苗は思った。それから早苗は、いまごろ春日さんはどうしているだろう、とも考えた。

記者会見場に行くつもりになっていたとき、早苗は春日にも同行を求めたのだった。いまの早苗にとっては、三十年前の出来事に注目してくれている元刑事の春日は、頼りになる味方だったからだ。

しかし、護堂に止められてしまったので行けなくなったことを伝えると、春日は、では私もどうするか考え直します、と言った。

一時半からはじまった会見は、いま千石健志郎がカリスマ透視捜査官になるまでのいきさつを語っているところだった。

自分の父であることにほぼ間違いはない人物が、これまでの人生を語るのを聞いて、早苗は不思議な気がしていた。大学を出て銀行に勤め、そこをクビになって秋田の宗教家の女性のもとに転がり込んだというところまでは、護堂からの情報で聞かされていたが、そこから先の人生も、早苗にはとてもついていけない飛躍があった。野菜農家から南原北斎と名乗る人気占い師へと変貌していった部分である。

早苗は、千石がさりげなくふれた「家族」の部分にも敏感に反応した。妻とのあいだにふたりの娘が生まれた、というくだりである。まったく見ず知らずの女の子ふたりが、自分と同じ「千石健志郎の娘」の立場にいるというのが、奇妙な感覚だった。

クローズアップでテレビに映る「父」を見ながら、やっぱりこの人は「他人」だ、と早苗は思った。血のつながった親であっても、アカの他人だった。親子の絆とは、ＤＮＡの連鎖だけでは成立しないものだと、つくづく思っていた。

## 5

黛早苗に誘われて中央テレビの記者会見場に行くつもりになっていた春日敏雄は、早苗が護堂に反対されて会見場に行かなくなったのを知り、自分はどうするか迷っていた。そして最終的に、彼も「ナマ」で千石健志郎の会見を見るのをやめることにした。早苗が会見場行きを急に取りやめたことが、妙に気になったからである。

春日はこの日、出先でテレビを見ることになる状況も想定して、自分の携帯のほかに、妻の由起子の携帯も臨時に借りて持ち歩いていた。それは、息子の健一が母親の誕生日にプレゼントした、テレビの見られるワンセグ携帯だった。

春日は二月の寒風を避けて街角のカフェに入り、イヤホンを耳に差して、千石健志郎の会見を中継している中央テレビのチャンネルにワンセグ携帯を合わせた。

横長に回転させた携帯の液晶画面に見入る春日は、心の中でつぶやいた。

(千石のやつ……)

(いったい、誰を告発するつもりなんだ)

6

記者会見場では、千石健志郎の話がつぎのステップに移っていた。

東都テレビ『真実のレンズ』のプロデューサーである久住知恵が、名古屋のカリスマ占い師・南原北斎の噂を聞いて駆けつけたというところで、いったん過去の経歴をふり返る部分を終え、千石の話は一気に時の流れを遡《さかのぼ》り、黛早苗から糾弾されることになった三十年前の出来事に変わった。

その内容については、当時の千石が警察の事情聴取に対して述べたことを基本としながら、昨日、久住と竹山の前で語った「新事実」がそれに加わっていた。すなわち、じつは千石も黛京子と関係を持っており、高嶋も一回、千石も一回の性交渉がほとんど間を置かずにあって、どちらかの子どもを京子は身ごもってしまった、という部分だった。

「お互いに愛しあっていた京子さんと高嶋君の関係とは異なり、私の場合は完全な片思いでした。京子さんに自分の気持ちを伝えたところ、私には高嶋さんしかいないと拒絶されたのです。それなのに私が彼女と関係を持ったということは、どのような状況でそうなったかは、みなさん、ご推察に難くないと思います。そうです。私は無理やり京子さんを犯しました。恥ずべき行為ですが、それが事実です」

記者席がざわついた。そして、まだ質疑応答に移っていないにもかかわらず、ひとりの記者が手を挙げて大声で問いただした。

「そうしますと、あなたのことをネットで殺人者と糾弾していた黛早苗さんは、千石さんの娘さんである可能性が五十パーセントはある、ということなんですか」

「個別のご質問にはあとできちんとお答えしますが、ちょうどいまのおたずねの件をこれから申し上げようと思っていたところです。そうです。黛早苗さんが私の娘である確率は、数学的には五十パーセントです。しかし、彼女の姿をネットなどで見る限り、私の娘である確率はかぎりなく百パーセントに近いと思います」

会場がいっそうざわついた。

「じつは弁護士の向井先生を通じて早苗さんには、きょうの記者会見にきてほしいとお願いはしてあったんです。ですが……」

こんどは千石は堂々と会場を見回した。

「やはりきづらかったんでしょうね、いらっしゃらないようです。ともかく、私がそう感じたように、早苗さんも同じことを思っているに違いないのです。だからこそ、彼女が千石健志郎を嫌悪し、殺人鬼だと批判しまくるのもわかるのです。彼女からすれば、千石は母親をレイプした鬼畜であり、しかも母親が愛した人を押しのける恰好で、鬼畜が母親に生命を植えつけてしまった。それが自分だと知ったときの怒りと絶望と混乱とおぞましさは、筆舌に尽くしがたいものがあったと思います。ですから、私は彼女がした行為を責めようとは思いません。法的に責めるのもやめました。しかし！」

千石の声が響いた。

「これだけは申し上げておきたい。私は黛京子さんの焼死事件にはなんら関わっておりません。また、火事の三日後に高嶋君が私を夜の峠道に連れ出し、そこで彼が打ち明けたことも、すべて私が語ってきたとおりなんです。高嶋は——もう呼び捨てにさせてもらいます——高嶋は私に言いました。おもわずカッとなって京子をラジカセで殴りつけてしまったんだ、と。そのはずみに石油ストーブが倒れ、一気に火が燃え広がって、赤ん坊を抱いて逃げるのが精一杯だったと。そしてしばらく号泣したかと思うと、『おれは死ぬ。死んで償うしかないんだ！』と叫ぶなり、私を助手席に乗せたまま、一気にアクセルを踏んで崖から飛び出したのです。これがすべての真実なんです！」

千石の口調は、ほとんど絶叫になっていた。

「三十年も前のことだから、もう時効じゃないか、などと開き直るつもりは毛頭ありません。犯罪は犯罪、殺人は殺人、仮に三十年前に私がそのような悪行を働いていたとしたら、かつては十五年、いまは二十五年に延長された殺人の時効がとうに過ぎ去っていたとしても、私の心は痛みつづけていたと思います。しかし、殺人者としての心の痛みは、私にはありません。そんなことはしていないからです。

もちろん、私は黛京子さんを強引に犯してしまった罪の痛みは、いまもなお感じています。その事実をおそらく……おそらく高嶋に知られてしまい、彼女はラジカセで殴りつけられるぐらい高嶋から非難を浴びたのだと思います。その結果が、あの火事だったのでしょう。その意味においては、私も京子さんを死に至らしめた責任者のひとりです。それは否定しません。けれども私は、彼女に対して何も手をくだしていないのです。

さらに私は、高嶋によって一方的に自殺の道連れにされかけましたが、その転落事故について、じつは私が高嶋を死に追いやったのだろうという推理は、まさに邪推以外の何ものでもありません。あれは京子の……京子さんの死に対して、高嶋が直接的な責任を感じるのと同時に、私が間接的な責任者であったために、いっしょに死のダイブにつきあわせたのです。これが山深い峠道の崖から車が転落し、高嶋が死に、私が重傷を負ったいきさつのすべてです」

7

テレビの画面を見つめながら、黛早苗は、護堂が止めてくれてよかったと思っていた。もしも記者会見場に行っていたら、いまの場面で自分がどんな行動をとったかわからなかった。「ふざけないで、どこまでしらばっくれるつもりなの！」と叫んでいたかもしれなかった。そういう自分の気持ちについて、横でいっしょにテレビを見ている護堂に語りかけようとしたとき、早苗は驚きに目を見開いた。

護堂が泣いていた。

涙を流しながら、テレビ画面の千石健志郎を見つめていた。

「護堂さん……」

眉をひそめながら、早苗がきいた。

「どうしたんですか、護堂さん」

だが護堂は何も答えず、禿げ上がった頭頂部を真っ赤に染めながら、必死に嗚咽《おえつ》をこらえていた。握りしめた拳を口もとに当てながら……。

8

妻から借り出したワンセグ携帯に見入っている春日は、元刑事の直感でこう思っていた。

(千石はウソをついていない。こずるいウソつき男だと思っていたが、そうではなかった。彼はいま、たしかに真実を述べている。ただし、それが真実ではないとは知らずに……。そのことがすべてを複雑にしていたんだ)

春日は携帯画面から目を離さずに、すでにぬるくなったココアのカップに手を伸ばした。

9

「私は……」

またグラスの水を飲み、興奮を鎮めてから、千石が冷静さを取り戻して話をつづけた。

「ニセモノの霊能者のしもべとなり、あるいは自分自身がそのコピーとなってインチキ占い師となり、挙げ句の果てには透視捜査官・千石健志郎として、テレビの力でカリスマの座までまつりあげられたことを、いまでは恥じております。恥じているからこそ、何もかもここで申し上げようと思っています。

こんな私が皆様に説教くさいことを申し上げられた義理ではありませんが、世の中のオカルト信者、超能力信者、占い信者、そして新興宗教信者の方に申し上げておきたいことがある。それは、一度の偶然で神を信じるな、二度の偶然でも神を信じるな、三度の偶然が重なっても、なお神の存在を信じるな。それがすべての基本だということです」

ざわついていた記者団が、ふたたび静まり返っていた。

「私の娘である可能性が高い黛早苗さんが新宿堂出版に勤めていて、彼女が私の本の担当編集者になる予定だと聞かされたとき、その偶然に私は少なからぬショックを受けました。誰かが私と早苗さんとの関係を察知して、そういう縁を仕組んだのかとも勘ぐりましたが、どうやらそうではない。まったくの偶然でした。しかも、それがきっかけで彼女の感情が爆発し、私をネット上で糾弾しはじめることになったわけです。

おそらく世の中のほとんどの人が、自分がそういう目に遭ったら、運命の神というものを信じるかもしれません。しかし私は言いたい。その程度の偶然は、長い人生において一度や二度はあるのです。その程度の偶然によって、神や超常現象を信じるようになってはいけない。そうした『見えない力』をむやみに信じ、むやみに畏怖《いふ》する習慣は、自分で判断しながら人生を生きていくという大切な能力を人間から奪ってしまうことになるからです。透視捜査官としての私が、そうした傾向に拍車をかけたことについて、大きな責任を感じております」

会場の最後方で、久住知恵がピクピクと頬を引き攣らせていた。そして横にいるディレクターの竹山にささやいた。

「あんた、やばくなったらここを出るわよ。じゃないと、私たちが質問攻めにあっちまうから」

だが、いつもは久住プロデューサーのイエスマンである竹山が、意外な反応を示した。

「お逃げになりたいのなら、どうぞ。ぼくはここに最後まで居残ります」

「なんですって」

信じられないといった顔で見上げてくる久住の視線を避け、前方のひな壇で語りつづける千石を見ながら、竹山は言った。

「ぼくも千石さんと同じ気分です。もう、視聴率のために人をあざむくのがイヤになりました」

「ど……どういうことよ」

「『真実のレンズ』という番組に関しては、プロデューサーの久住さんとチーフディレクターのぼくは、千石さんについて共有の秘密を持っているのだと信じてました」

周囲に聞こえないような小声で、竹山は言った。

「だからあの人が引き起こした一回目の奇跡と、二回目の奇跡については、それがじつは奇跡でないことを知っています。でも、三度目の奇跡には心底驚いた。千石さんがピンポイントで透視したとおりの沼地から少女の遺体が出てきたときは、裏の事情を知っているぼくでさえ、じつは千石さんの透視能力は本物かもしれないと思ったほどです。番組でも放映されたぼくの驚きようは、演技じゃなかった。脚が震えるほど、本気で驚きました。けれども……まさか……そこにも裏があったなんて。しかも秘密の輪から、ぼくをはずしたなんて。もう久住さんなんか信じまい、そう思いました」

「あんた……」

「そうです。きょうの明け方、千石さんから電話でいろいろと聞かされたんです。初めてぼくが知るようなことを」

久住知恵の顔から血の気が引いた。

「私は、『真実のレンズ』という番組で三度奇跡を起こしました」

前方のひな壇では、千石の話がいよいよきょうの会見の核心に近づきつつあった。

「三度とも世間の大反響を呼びました。しかし、三度ともそこにはトリックがあることを、この場で明らかにしたいと思います」

会場のどよめきに負けないよう、千石は声を張り上げた。

「なぜそんな暴露を、いまやるかといえば、たったひとつの理由しかありません。私は決して三十年前の殺人など犯していないと訴える一方で、インチキ透視捜査官をつづけていたら、私のことばを信じてもらえるはずもないではありませんか。とくに、昨年暮れに放送された奇跡が大問題でした。青梅市郊外の沼で、正確に私の透視した場所から少女の遺体が発見された一件です。透視能力を信じない人にとって、この現象を論理的に説明するとしたら、こういう答えしか出てこないはずです。あれは千石健志郎の自作自演以外に考えられない、と……。

そのような疑惑の視線でみられる立場に現在も置かれてしまった私だからこそ、いかなる非難を浴びても真実を語らねばならないのです。テレビ番組で視聴者をだましていたのかと猛烈な非難を浴びても、真実を語らねばならないのです。なによりも、私の娘である早苗に三十年前の出来事について、私はひとつもウソをついていないと信じてもらうために……。だからこそ、透視捜査官・千石健志郎がみせてきた奇跡の裏側について、いまここですべてを明かしていかねばなりません」

千石はそこで少し間を置いた。

記者会見場は、まさに針を一本落としても聞こえるほどの静寂をもって、彼のつぎの言葉を待っていた。

10

「第一のケースは、じつに単純なものでした」

千石が語りはじめた。

「それは家出して三カ月になる妻が、どこにいるかわからない、自殺しているかもしれない、という夫からの捜索願でした。これが透視捜査官・千石健志郎としての、いわばデビュー作です。すでにこれまでの放送を通じて、『真実のレンズ』という番組は未解決事件の真相を探り当てる実績が高く評価され、大きな話題を呼んでいました。

ただ、それまでに番組が解決してきたケースは、すべて番組に寄せられた情報データのおかげなのです。生放送中に受け付ける視聴者からの電話や、放送終了後も専用ラインの電話やファックスやメールで情報を受け付けており、そうした二十四時間三百六十五日体制の情報が、事件を解決に導いてきました。それはテレビの高視聴率番組の情報収集力が、いかにすごいかという証明でもあったのです。その点において、私が登場するまでの『真実のレンズ』には、視聴者をあざむくようなトリックはなにひとつありませんでした。

しかしテレビ業界というものは、マンネリをいちばん恐れます。プロデューサーの久住さんもそうでした。そして『真実のレンズ』が構築した情報収集力をベースにすれば、もっとショッキングで、もっと斬新な演出が可能だと考えたのです。それが透視捜査官・千石健志郎の誕生でした。オカルト現象でさらなる話題を集めようと思ったのです。

私はカリスマ占い師として、すでにインチキを本物にみせるテクニックを身につけていましたから、自分に透視能力があるかにみせかけるのは容易なことでした。そして、例の女性宗教家の得意技を応用させてもらいました。失踪した平凡な主婦がいかにも隠れていそうな環境とその心理を、最大公約数的に語ったのです。『おそらく奥さんは、とても狭い空間にいます。そして自分が家出したことをひどく後悔し、ひとりになると決まって涙をこぼしているようです。満足なものも食べておらず、お腹をすかせるみじめな毎日を送っておられます』というふうに『透視』してみせたのです。

でもこれは、家出人であるその女性が、おそらく『真実のレンズ』を見ているにちがいないという前提で組み立てた、本人を誘い出すための心理トリックにすぎませんでした。逃亡中の殺人者が新聞やテレビやネットのニュースに敏感になるように、彼女は家出人捜索という面でも大きな功績を挙げているこの番組を必ず見るに違いない、と。そして、どんなところで暮らしていようと、それは広々としたリビングのある部屋であるわけもなし、なんらかの形で家出を後悔しており、孤独感に必ず涙しているであろうし、食欲があるはずもない、と、ごくごくあたりまえのことを並べ立てただけなのです。そこらじゅうの自称霊能者がいくらでもやっている、初歩の初歩というべき心理トリックです。

しかし私は、そこに意味ありげな演出を加えました。それは、家出した女性が自宅に残した衣服や持ち物から本人の念を読み取るというサイコメトリーの概念を導入し、それによって遠隔透視――リモートビューイングをするのだという、もっともらしい用語の羅列です。それによって、私の透視がいかがわしい心霊現象ではなく、あくまで科学的な能力であることを強調したのです。それは心霊アレルギーの人が決して少なくないことに考慮したものでした。

すると案の定、番組放送中に本人から電話がかかってきました。千石先生に何から何まで言い当てられてびっくりした、と。そして夫に許しを請うて、家に戻りたいと泣きじゃくるので、すぐに電話をご主人につないでハッピーエンドです。あまりにも見事にはまったから、私と久住プロデューサーは大喜びでした。そして私の名声を一気に高めたのが、去年六月の放送です。連続殺人事件の容疑者の自殺を透視した出来事でした。これは、自分の家族を皆殺しにしたうえに、隣人も殺して逃走している男のことです」

居並ぶ取材陣は、まだこの段階でも、きょうの記者会見のほんとうの目的がどこにあるのかを把握し切れていなかった。

だが、千石健志郎本人でさえ、自分の会見がこのあと引き起こすことになる一大ショックを予見していたわけではなかった。透視能力などないのだから……。

「じつは、この凶悪犯人の逃亡に関しては、犯人の親族から番組にあてて、さまざまな情報が寄せられていたのです。犯人が名古屋の特定地域に潜伏している可能性が高いという情報も含めていろいろです。いま『犯人の親族』と申し上げましたが、自分の家族を皆殺しにした犯人の親族ということは、同時に『被害者の親族』でもあるわけです。その親族から、自分たちが情報を寄せたことを番組で明かさないのを条件に、あいつがどこにいるかを調査してほしい、という真剣な依頼があったのです。

というのも、その人たちは、自分たちも殺されるのではないかという激しい怯えがあったからです。けれども警察に詳細な情報を伝えると、教えた人物がわかったときの復讐が恐ろしい。そこで番組に情報を提供するから、千石さんの透視能力で見抜いたことにして、あいつをつかまえてほしい、との話でした。ちなみに犯人は超能力を信じるタイプの男だということでした。透視捜査官のカリスマ性を高めるには、願ってもない話です。

そこで竹山ディレクターをはじめ、下請けプロダクションのスタッフも総動員して、提供された情報に基づくローラー作戦をかけたのです。捜し出す相手が一家皆殺しの凶悪犯だけに、スタッフたちには異様な高揚感がありました。そして、ついに潜伏先を突き止めて、二十四時間の監視体制に入りました。ところが、ある時期から犯人がまったく部屋の外に出てこなくなった。そこで諸般の状況から自殺の可能性が大とみなし、初めて私が透視をかけたような演出で、犯人の潜伏場所と自殺の可能性を示唆したのです。この件が千石健志郎の名前を一気に全国区にしました。そして私は、久住さんと語りあったものです。なんだかうまくいきすぎて怖いみたいですね、と。しかし久住さんは平然として言いました。『これがテレビの持つパワーってものよ』と。たしかにそうでした。テレビは化け物だ、テレビこそがほんとうの透視捜査官かもしれない、と思いました」

記者たちに混じって話を聞いていた長谷川美枝子は、昨日、協和映像のユキヒロから聞かされたとおりの内容で、その何倍も詳しい裏話が語られるのを、頬を紅潮させながら聞き入っていた。

そして千石健志郎の隣に座っている向井明を見つめながら、彼を怒鳴り散らしたことなど忘れ、率直に感動していた。真実をここまで思いきって語らせるように千石を仕向けた彼の力に……。それは決して弁舌の力でも論理の力でもなく、向井明という男の、真摯で無垢《むく》な人柄が千石に通じたからだ。恋人だからこそ、美枝子にはそれがよくわかった。

（明……あなた、すごいわ）

美枝子は、いますぐにでもひな壇に駆け上がって、みんなの前で明を抱きしめたい衝動にかられた。若き弁護士は、長谷川美枝子の誇りだった。

「けれども、そのテレビの持つパワーというものが、思いもよらぬ形で私に襲いかかってきたのが第三の事件でした」

千石の口調が急に暗いものになった。

長谷川美枝子は、向井に注いでいた熱い視線をはずすと、千石の話にふたたび集中した。

「そして、このとき初めて、私は言いようのない恐怖を感じたのです。これまでテレビの力を背景に視聴者をだましてきたが、調子にのりすぎて禁断の領域にまで足を踏み込んでしまったのではないか……そういう底知れぬ恐怖心を抱いたのです。

それは、忘れもしません、去年の九月最後の日、私の自宅の郵便受けに一通の封書が投げ込まれたことからはじまりました」

## 11

「護堂さん」

黛早苗は、テレビで「父」千石健志郎が語る話が、三十年前の出来事から離れてきたので、護堂の様子がおかしいことのほうに意識を向けた。

「ねえ、護堂さん、どうして泣いているんですか」

護堂はすでに涙は拭き取っていたが、その代わりにこんどは震えはじめていた。

それを見て、早苗はなにかイヤな予感がした。いまになって、護堂が早苗の記者会見場行きをムキになって止めたことが気になってきた。

＊　＊　＊

カフェの窓際の席に座り、妻のワンセグ携帯を使って千石健志郎の中継を見ていた春日は、イヤホンを耳に突っ込んだまま、テーブルの伝票をつかみ、立ち上がった。元捜査一課の刑事としてのカンが、そろそろ行動に移るべきだと告げていた。

レジ係に伝票を渡しながら、春日はきいた。

「この近くにコンビニはないかね」

イヤホンは片方の耳にしか入れていなかったが、それでも記者会見の中継を大音量で聞いていたため、彼の声は周囲の客がふり向くほど大きかった。

店員が困った顔をしながら、あそこの角を右に曲がった先にございますと、小声で答えると、またしても春日は大きな声で礼を言った。

「あの角を右だね！　ありがとう！」

春日は、きょうも三十年前の靴を履いていた。

# 12

「郵便受けに入っていた封筒に差出人の名前はなく、切手も貼られておらず、表書きに『透視捜査官・千石健志郎殿』と、ワープロで一行プリントアウトされただけでした。そして封筒は、最初から封がしてありませんでした」

記者会見場では千石が、『真実のレンズ』最大の謎である、行方不明少女の遺体の捨て場所をピンポイントで透視できた真相を語りはじめていた。

「誰かが私の自宅まできて、直接郵便受けに投げ入れたものとわかり、不気味に感じました。封筒の中にはワープロで打った二枚の便せんが入っていました。ここにコピーがありますので、その内容を読み上げますが、私に大きなショックを与えるものでした」

千石は、めったに着ない背広の内ポケットから、重ねて折りたたんだ紙を取り出し、それを広げて上の紙から読みはじめた。

「透視捜査官・千石健志郎殿　あなたは長野県諏訪市に住む小学三年生の少女が先月、八月二日から行方がわからなくなっている事件を知っているか。あの少女は私が殺した。遊んでいるところを自分の車に連れ込み、乱暴しようとしたが激しく抵抗されたので絞め殺し、人目につかない場所でトランクに入れて、その場を去った。そしてその遺体を、ある場所に運んで捨てた。

凶悪な容疑者の自殺を透視した名捜査官として、その場所を当てられるかね。当てられまい。どうせあなたの透視能力など、インチキに決まっているからだ。しかし、インチキで当てていくのも限界があるだろう。おそらく、そう遠くないうちに、あなたは先日の放送で打ち立てた評判の重圧に押しつぶされるに違いない。

それはかわいそうだ。だから私があなたのアシスタントになって手助けをしてあげよう。そう、少女の遺体を捨てた場所をあなたに教えてあげようと思うのだ。その代わりあなたは、諏訪に住む少女の実家へ出かけてゆき、先日の放送のようにサイコメトリーで透視した結果、この場所が浮かんできたということにしなければならない。そして、それを放送しなければならない。もちろん、放送をするのは、実際に遺体が見つかってからでかまわない――一枚目の便せんはここまでです」

記者たちに向かってそう言ってから、千石は一枚目の便せんを下に置いた。

「そして二枚目には、昨年暮れに放送した青梅市郊外のあの沼に至る詳細な地図が手書きで記されており、遺体を沈めたというポイントに×印がつけられていました」

千石は、その地図をテレビカメラに向かってかざした。

「私はただちにプロデューサーの久住さんと連絡をとり、ふたりでこの手紙の真偽を検討しました。私は百パーセントいたずらだと主張しました。これは私を陥れるための、内部の人間による罠だと。理由はふたつです。まず差出人がほんとうに少女を殺して死体を遺棄したなら、わざわざそんな事実を自分から明かすはずがないからです。第二に、私の自宅に直接手紙を投函してきたからです。

じつは、このころの私には、ある種の危機感が芽生えていました。連続殺人犯と思われる男の自殺体を見つけたとき、私が『透視』する以前に、親族からの情報に基づいたローラー作戦をかけたことは、孫請けプロダクションに至るまで周知の事実だったからです。その秘密が守られているのは、久住プロデューサーが私を含めた番組関係者全員に、秘密厳守の念書を書かせていたからです。でも、そんな脅しは下働きの人間までは及びません。いつかはタネ明かしをする人間が出てくるだろうと思っていました。そして、いよいよそれがきたのだと思ったのです。ところが、久住プロデューサーの見解は違っていました」

しゃべりながら千石は、すでに久住知恵がスタジオから姿を消し、竹山ディレクターだけが残っているのを視野の片隅に捉えていた。

「久住さんは『真実のレンズ』という番組の力を大きく評価していました。そして、この手紙は劇場型犯罪を好む愉快犯が、自分の犯した殺人をテレビの人気番組を通じて日本中に宣伝したい目的で出したのだろうと言いました。ただし、内部による罠ということも否定はできないので、久住さんは、こういう作戦を立てました。

第一に、この手紙については、私たちふたりだけの秘密にして、チーフディレクターの竹山さんにも教えない。第二に、諏訪市で起きた少女失踪事件の両親に久住さんからアプローチして、透視捜査官・千石健志郎の力を借りてみないかと持ちかける。第三に、両親の承諾を得たら、これまでと同じようにテレビカメラをつれてそのお宅を訪れ、失踪少女の部屋や持ち物から彼女の居場所を透視する。ただし今回は最大公約数的なご託宣を述べるのではなく、手紙の差出人が言ったとおりのピンポイント予言を行なう。

当然、竹山ディレクターのように私の真の姿を知っている人間は不審に思うだろうが、一切のタネ明かしをせずに、最初から透視能力は本物であったかのような顔を押し通す。そして手紙に書かれた場所を大々的に捜索してみる、という作戦でした。

私は即座に異論を唱えました。いたずらである可能性が高い手紙を信じて空振りに終わったら、私がいい恥をかくというのが第一の理由。反対に、もし手紙に書いてあったとおりに遺体が見つかったら——これが現実でしたが——私が直接の関与を疑われるというのが第二の理由でした。それに対して久住さんはこう答えました。

まず、この手紙でいちばん重要なポイントは、放送をするのは実際に遺体が見つかってからでいい、と書いてあること。それはまさに、差出人が自信を持って真実を語っている証拠だ、と久住さんは言うのです。さらに、もしもほんとうに遺体が見つかった場合は、それこそ『マジシャンズ・チョイス』という心理トリックを使うのよ、と。つまり、私の透視能力が本物であると貫き通していいケースと、そうでないケースのどちらになっても、私や番組に傷がつかない論法を、久住さんはこう打ち立てました。もしも遺体がそのとおりの場所から見つかったら、あなたはしばらくノーコメントを貫きなさい。けれども最終的にはタネ明かしをするのよ。これは自宅に送られてきた手紙をもとに捜索したもので、犯人はその差出人です。しかし、その人物を誘い出すために、どこまでもだまされたふりをしていたのです。私の透視能力を、こういう形で逆用して犯人逮捕に結びつけようと考えたのです、ってね。そうすれば、千石健志郎の透視能力を否定せずに、今回の舞台裏を明かせるでしょう？　それはそれで、あなたと番組の名声を高めることになるのよ、と」

千石は水差しに残っていた水をすべてグラスに注ぎ、それを一気に飲み干した。

「久住さんは話題作りのために勝負に出ました。私もそれに従うよりありませんでした。そして少女のご両親と会って、ピンポイントの透視をするところまでをビデオ収録してから、沼の所有者を苦労して見つけ、了解をとりつけてから十一月中旬に、ダイバーや魚群探知機も動員して捜索にとりかかったのです。ところが――あとになって、遺体が沼の泥に埋もれていたせいだとわかるのですが――その調査では、何も見つけることができませんでした。やっぱりいたずらだったのかと、私も久住さんも落胆していたとき、また私の家の郵便受けに差出人の書かれていない封書が届きました。しかしこんどは、ちゃんと切手を貼って郵送されたものでした。消印は新宿。そこにはたった一行、こう書いてありました。『沼の水を抜けば必ず出てくる』と。

久住さんの顔がまた真剣になりました。絶対に遺体は出てくるという確信は、こんどは私も持つことができました。そして犯人は、私たちの調査を知っていた。なぜ知っていたのか。それには三通りしかありません。『真実のレンズ』の内部関係者か、沼を所有する老人の関係者か、それ以外の人間で私・千石健志郎を執拗《しつよう》に監視している人間か——

そこで久住さんは番組とはまったく無関係な科学プロダクションから、昼夜を問わず照明なしで動物の生態を撮影するためのカメラを借りだし、問題の沼の数カ所に、目立たないようにセットしました。私を監視している人間をあざむくために、私はそれに立ち会わず、すべては久住さんひとりでやったのです。『犯人は、絶対にあなたの行動を監視してきたのよ。そしてこれからも』と。そのセッティングが終わったところで、こんどは私と久住さんが、あるときは昼に、あるときは夜に、わざと目立つように、たびたび沼地を訪れました。二回目の調査をやるのかどうかを気にしていたに違いない犯人は、とうとうトラップに引っかかりました。日曜日の早朝、カメラに映ったのです」

大きなどよめきが、会場からわき起こった。長谷川美枝子も、いまや向井明ではなく、千石健志郎に視線を集中させていた。

# 13

「映っていたのは男でした。しかし、デジタル補正をしても顔がいまひとつはっきりわからない。ただ、『真実のレンズ』の番組に関わっている内部の人間ではなさそうでした。そこで久住さんは、こんどこそ百パーセントの確信を持ち、及び腰の竹山ディレクターを説き伏せて、沼の水をぜんぶ抜くという大調査を実行に移しました。それが、テレビでも放映されたあの結果なのです。そして久住プロデューサーは、監視カメラに映っていた映像をもとに、つぎの透視をやろうと計画しました」

千石の話が進むにつれて、報道陣もようやく悟った。千石が告発する人物とは、千石にその場所を教えた男であると……。

「相手はカメラに撮られたことをまだ知りません。けれども、自分の言ったとおりに遺体が見つかったことで、必ず私に何かの接触をしてくるはず。そこをまた罠を仕掛けて、その罠をどんどん絞っていき、透視捜査官・千石健志郎が、ついには少女誘拐殺人犯の正体を暴こう、というのが久住さんのプランでした。その一方で、ほんとうに私が警察に疑われ、逮捕の危機まで陥ったときには、ぜんぶ手の内をさらけだす約束になっていたのです。

ところが、その後は犯人からの接触がぱったり途絶えました。その一方で、黛早苗さんから私の過去を糾弾され、私の立場は危うくなるばかりで、さらに昨日、久住さんから事実上の首切り宣告を受けました。黛早苗さんのブログ告発を通じて、私の人間性に信頼をなくしたからだと思います。それならば私もすべてを明らかにするしか自分の身を守る手段はありません。

そこでけさ、まだ夜が明けないうちに、竹山ディレクターに緊急連絡を入れ、彼がカヤの外に置かれていた出来事をぜんぶ打ち明けたうえで、番組の素材ロッカーの中に、久住プロデューサーが仕掛けた監視カメラに引っかかった男の映像があるはずだから、大至急それを捜し出してほしいと頼んだのです。そして、それが見つかりました。これからみなさんにその映像をお目にかけます。動画ではなく、ぜんぶで七枚撮影された写真です」

ひな壇の後ろ上方から白いスクリーンが下がってきた。竹山から千石に手渡された映像が、他局である中央テレビスタッフの協力によって、いま映写されようとしていた。社員としての権限を逸脱した行為に加担したディレクターの竹山章吾は、会見場の最後方で、堂々とその様子を見守っていた。

「私は、この人物が誰なのかは知りません。写真がもっと鮮明ならよいのですが、しかしこの男を知る人間にとっては、これでじゅうぶんかもしれません。この男こそ、去年の夏、自宅そばから姿を消した小学三年生の秋奈ちゃんを性的暴行の目的で拉致し、抵抗されたために殺害し、その遺体を遠く東京青梅市郊外まで運んで沼地に捨てた人間です。そして私は、この男を秋奈ちゃんを殺した真犯人として告発します」

千石健志郎の合図で、中央テレビのスタッフが一枚目の写真をスクリーンに映し出した。

小太りで頭の禿げ上がった中年男が、朽ち果てた作業小屋のそばに立っている姿が写っていた。

たしかに顔は不鮮明だった。だから千石にとって、三十年も会っていない旧友とその映像を結びつけるのは不可能だった。

護堂修一の自宅でテレビ中継を見ていた黛早苗が、悲鳴をあげた。

# 第八章　真実のレンズ

## 1

　黛早苗の全身は硬直していた。護堂と並んでテレビを見ているその場所から逃げ出したかったけれど、身体が動かなかった。

　千石健志郎の記者会見を中継するテレビは、千石のアップから、沼地に仕掛けたカメラに捉えられた人物の写真に切り替わっていた。顔にピントは合っていなかったが、その姿が、いま自分の隣に座っている後見人の護堂修一であることに間違いはなかった。

　それがわかった瞬間から、キーンという激しい耳鳴りがして、テレビの音声がほとんど聞こえなくなった。

「まさかな」

　表情筋を硬直させ、護堂はつぶやいた。

「まさか撮られていたとは」

「じゃあ……ほんとうに……護堂さんは」

「おれが歪んでしまったのは、みんな女のせいだ」

そうつぶやく護堂の顔はテレビに向けられていたが、テレビの音声が耳に届いていないのは、彼も早苗といっしょだった。

「中学のときからそうだった。そして高校のときも、大学のときも、おれは女に相手にされなかった。おまえの母親に『好きだ』と言ったときもそうだった」

「護堂さんも、母が好きだった?」

「そうだ。おまえの母親はマドンナだった。高嶋だけじゃない、千石だけじゃない、おれだって黛京子に惚れていた。惚れて惚れて惚れまくっていた。演劇部にいた理由は、京子がいたからだった。でも、彼女の眼中には高嶋しかなかった。そしておれが千石と違うのは、力ずくで京子を奪う根性もなかったことだ。おまけに、やっとの思いで告白したというのに笑われた。必死になって、震えながら汗だくで告白したというのに、おまえの母親は笑ったんだ。おれが告白した時期は、千石が彼女をレイプするよりずっと前の出来事だ。だから笑う余裕もあったんだろうが、ひどすぎるじゃないか。せめて『私には好きな人がいるから』とか『せっかくだけど、ごめんなさい』と謝ってくれたら、まだ救われたのに、京子は『護堂くん、なにそれー、やだあ』とケラケラ笑ったんだ。問題外、という扱いだった」

　護堂は、禿げた頭を真っ赤に染め、身体を震わせた。

「そのときの屈辱を、おれは忘れない。そして、そのときに失った自信は二度と取り戻すことができなかった。だから社会人になってから、おれの欲望の対象は少女に移った」

「じゃあ、ほんとうに……沼に沈められていたあの子は……」

「女の子をいたずらしたことは何度もあったけれど、殺したのは初めてだ」

　護堂は、両方の眉毛を同時にピクピクと吊り上げた。

「あれは去年の夏、私用で諏訪まで車を運転して行った帰りだった。すれ違った瞬間、可愛い女の子だと思って車を止め、バックさせて声をかけた。ほうっておけないほど愛らしかった。だが、車内に連れ込んだとたん、手に嚙《か》みつかれた。たすけて、たすけてと何度もわめかれた。周りに人がいないのをとっさに確かめると、あとは無我夢中だった。そして気がつくと、おれは大きなぬいぐるみを車のトランクに詰め込んでいた」

「ぬいぐるみ?」

「そう思わなきゃ、やってられないだろ。そしてトランクに詰めたまま車を走らせて、いったんはここまで戻ってきたけれど、ぬいぐるみをどこかに捨てなきゃと思って、それでいろいろ車で走り回って、あの沼を見つけたんだ」

　殺した少女の遺体を「ぬいぐるみ」と表現する護堂の感覚に、早苗は凍りついた。そんな彼が、中学二年生以来、自分の後見人として父親代わりの存在になっていた事実とのギャップが受け入れられなかった。

血の気が失せて真っ白な顔になった早苗は、それでも必死になって護堂に問いかけた。何かをしゃべっていなければダメだ、沈黙が訪れたらそのときがアウトだ、と心の中で警報が鳴っていた。

「でも、なぜわざわざ女の子を沈めた場所をあの人に伝えたんですか」

「きみのパパに、か」

護堂はわざと言い換えて問い返した。

「それは、あいつを共犯に仕立てたかったからだ」

「共犯って？」

「だから女の子を殺した共犯にだよ、わからねえのか、それが！」

テレビを見つめていた護堂が、突然、口調を変えて早苗に向き直った。やさしくて温厚な後見人という仮面がポロッと取れた。

「透視捜査官だなんて、インチキなやり方であいつが有名になるのは許せなかった。だからおれは、自分がやった不始末にあいつも関わらせたかったんだ。もしもおれの投げかけたヒントを使ってインチキ透視能力を発揮したら、それは千石自身のクビを絞めることになる。そうやって、あいつに疑いを向けたかった」

「そんなことしたって意味ないじゃないですか」

「意味がないだと？　バカ野郎！」

　こめかみに青筋を立てて、護堂は怒鳴った。

「そもそも、おれがここまで歪んだ性格になったのも、もとはといえば、おまえの母親である京子に傷つけられ、おまえの父親である千石健志郎に運命を歪められたからなんだ。そんなことも知らずに、あの男がテレビでカリスマなどと持ち上げられていることが許せなかった」

「父に運命を歪められたって、どういうことなんですか」

　早苗は、ついに千石を父と呼んだ。

「いまの会見で、父は自分の犯した間違いをちゃんと告白したじゃないですか」

「あれは百パーセントの真実なんかじゃない！」

「では、父はまだ何か大切なことを隠しているというんですか」

「隠してはいない。あいつは三十年前の出来事について、ぜんぶ知っているつもりになっている。だが、肝心のところを知らないんだ。それなのに自分では、真実を洗いざらい告白した気になっている。そして自分の人間性を信じてくれと訴えている。そこがおれは許せない。ピンボケのレンズで物事を見つめていることに気づいていない」

　護堂はふたたびテレビに目を転じ、その画面に向かって怒鳴った。

「いいか、よく聞け、早苗。高嶋はな、京子を抱いていないんだ。高嶋は京子とは一度もやっていないんだ。京子の身体に入り込んだことがあるのは、千石だけなんだよ！」

「高嶋さんは……母とそうなっていなかった？」

　まさかの事実に、早苗は愕然《がくぜん》となった。

「京子は高嶋を心から愛し、結婚する相手は高嶋のほかにないと決めていた。だからこそ、高嶋もあせって彼女の身体を求めなかった。京子もプラトニックな愛だけでじゅうぶん満たされていた。あの時代は、まだそうした純朴な感覚が学生の中でも生きていたんだ。ところがその純愛を、千石が無残に踏みにじった。その忌まわしい出来事を、京子が簡単に高嶋に言えるはずがなかった。だから彼女は、レイプされた事実を高嶋に対して一生黙っているつもりだった。妊娠さえしなければ……」

## 2

　早苗にとって、想像したこともなかった真実が護堂の口から飛び出した。早苗は、高嶋と千石の両者が均等に、自分の父親となる可能性を持っていたと理解していた。ところが、その認識が根底から覆されてしまったのだ。

「妊娠したとわかった段階で、とうとう京子は千石との一件を隠しきれなくなった。そして、震えながら高嶋にすべてを打ち明けた」

護堂の声が低くなった。

「千石に犯されたとき、京子は出血した。いわゆる処女を失ったしるしだ。しかし千石には、京子は高嶋と初体験を済ませているものという先入観があったから、彼女が血を流しているのを見ても、彼は自分が乱暴にしたせいだと思ったらしい。そんないきさつを京子から聞かされた高嶋のショックはすさまじかった。京子が高嶋のために守っていたものを、最も信頼できる親友と思っていた男が力ずくで奪ったのだ。

それでも高嶋は、親友がそこまでやったことをなかなか信じられなかった。千石の人間性を即座に否定できなかった。それほど強い男どうしの友情が彼らのあいだにあったんだ。そこで高嶋はどうしたか。彼は噴き上がる怒りを抑えて、千石の人格を試すことにしたんだよ。京子がレイプされたことをまったく知らないふりをして、自分が京子を妊娠させてしまったという形で相談を持ちかけたんだ。そこで千石が、赤ん坊をしっかり育てるしかないだろうと言えば、まだよかった。ところがこの野郎はなんと言ったか」

護堂はテレビに映る千石を指さした。

「あっさりと『堕ろせ』と言ったんだ。学生の身で子育てなんか大変だとか、結婚とは子どもを作るためにするものではない、などと言いながら……。わかるか、早苗、おまえの父親は、おまえの生命をなんとかして消滅させようとしたんだぞ。自分の罪を消すために！」

　座っているのに、早苗の周りで部屋がぐるぐると回りはじめた。

「高嶋は言った。よくあの場で千石を殴り倒さなかったものだ、と。演劇部員とはいえ、よく芝居を押し通せたものだ、と、あいつはおれにそう言った。そうなんだ、千石に手ひどい裏切りを食らった高嶋にとって、こんどはおれが唯一の相談相手になっていた。だから彼の激しく揺れ動いた気持ちはぜんぶ知っている。素知らぬ顔で中絶を進言する千石を高嶋が殴りきれなかったのは、高嶋も同じ結論を京子に強《し》いるしかなかったからだ。

　それはそうだろう。可能性が半々どころか、百パーセント千石の子だとわかっている子どもなど、誰が産んでほしいと思うか。ところが京子は、赤ちゃんは絶対に堕ろさないと言い張った。彼女の母性本能が、中絶を求める高嶋を拒んだのだ。どんないきさつで身ごもったにしても、どんなひどい男が父親だとしても、私はお腹の子どもを殺したりはできない、と。それで高嶋と大ゲンカになった」

　早苗は、ふだんは空気のような存在の黒縁メガネの重みを異様に感じて、それをはずして脇に置いた。胎児の生命を消そうとしていた男子学生と、胎児の命を守ろうとしていた女子学生——それが自分の父と母にあたる人間であり、その胎児が自分自身であるという事実に、早苗は耐えきれなくなっていた。

「高嶋は新たなショックに打ちのめされた。京子が高嶋との愛よりも、子どもをとったからだった。まだ二十歳をちょっと出たばかりの男には、女の発揮した母性本能など、とうてい理解できなかった。皮肉なことに、自分の愛を二番目に置かれたことで、高嶋は千石が投げかけた冷酷なアドバイスこそが唯一の解決策だと信じ込んだ。お腹の子どもを堕ろさせる——京子の身体から忌まわしい千石の遺伝子を追い出すことこそが、高嶋にとって京子との愛を貫くための絶対条件だった。もちろん、そんな心境はいちいち千石に語れるものではなかった。千石の精子によって誕生した子どもを京子が堕ろそうとしないという事実など、悔しくて千石に言えた話ではなかった。

しかし、京子はどこまでも産む意志を曲げなかった。それでいて、京子は高嶋への愛は不滅だという。男にはとうてい理解できない感覚だった。しかも彼女は出産後、高嶋に向かって、なんと子どもの父親になってほしいと言ってきたのだ。千石君と結婚する選択肢は絶対にない。でも、高嶋君への愛は変わらないから、あなたといっしょになりたいのだと言った。そんな勝手な理屈が通ると思うのか！

護堂は、まるで自分が侮辱されたように怒った。

「もしも高嶋が、そんな京子の提案を受け入れたら、千石の野郎は永遠に自分の罪の重さを知らないまま、将来はよその女と好き勝手な人生を送ることになる。実際、三十年経ったいま、そうなったじゃないか。見ろ、大勢の記者の前で、何台ものテレビカメラの前で、そしてこの放送を見ている何百万人だか何千万人だかの国民の前で、千石健志郎は三十年前の潔白を晴らすために、自分の恥をすべて打ち明けたつもりになっている。高嶋という友がどれほど苦しんだかも知らないで、正直者の告白をしたつもりになっている。いい気なもんだ。だからおれは千石に復讐をしたかったんだ」

「わからない！」

早苗は、耐えきれずに叫んだ。

「じゃあ護堂さんは、私のお父さんのことも、私のお母さんのことも憎んでいたのね。なのに、どうして私の後見人になったりしたの！　私に復讐するつもりだったの？」

「いや、そんな気持ちはない」

「うそよ、あったわ！」

「ない」

護堂は首を左右に振った。

「さっきも話したように、おれは社会に出てますます女性コンプレックスに悩まされて、幼い少女しか性の対象にできなかったが、引き取ったときに十四歳だったおまえに対しては、やましい気持ちを持ったことは一度もない。なぜなら、おまえの母親に対する罪を、おれなりの形で償わなければならなかったからだ」

「罪……って」

「十一月十一日の夜遅く、おれと高嶋は京子のアパートへ行った」

ついに護堂の話は、あの火事の夜の真実にたどり着いた。

3

「護堂さんも、いっしょに?」

早苗は目を丸くした。またしても想定外の展開だった。

「いくら京子が高嶋への純愛を強調しようとも、高嶋の京子に対する気持ちは急速に冷めていた。千石の遺伝子を最優先させる彼女にすっかり愛想を尽かしたんだ。そしてあの晩、高嶋は京子と完全に縁を切るための話し合いをしに、『面影荘』を訪れることにした。ただ、感情的に激するとどうなるかわからないので、冷静な第三者として護堂も立ち会ってくれと言われた。『冷静な第三者』となる資格なんて、おれにはまったくないのにな」

護堂は自嘲的に鼻息を洩らした。

「なぜなら、おれはおれで、まじめな愛の告白を京子にあざ笑われた怒りが、ずっと尾を引いていたからだ。千石の子どもを高嶋に認知させせようとする彼女の無神経さにも、猛烈に腹が立っていた。だからおれは高嶋に言ったんだ。別れるなら、生まれた子どもの父親は千石以外にありえないことを京子にちゃんと証言させろ。彼女の肉声を千石の野郎に聞かせて、あいつにも道義的責任をとらせるべきだ。千石を『知らぬが仏』状態のままにしておくのは甘いぞ、と。そしておれは、カセットテープを入れた自分のラジカセを持って高嶋に同行した」

「ラジカセ……」

「そうだ。消えたラジカセはおれのものだった。京子の告白を録音して、それを千石に聞かせるために持ってきた」

黛早苗の脳裏に最悪の予感が走った。

「三人は向かいあって座り、京子と高嶋が話し合いをはじめたが、日付が変わった夜中すぎから、しだいにふたりが険悪なムードになってきた。それを脇で見ていたおれも興奮してきた。そして冷静な仲裁役として立ち会っているはずのおれが、真っ先に怒鳴ってしまったんだ。高嶋を愛しているんだったら、千石の子どもは堕ろすのが当然じゃないか。『なぜ産んだ』と、おれは大声で叫んだ」

それが目の前にいる早苗の生命に関する話だということを忘れて、護堂は当時の興奮をよみがえらせた。

「すると京子も感情的になって『あたりまえでしょう』と大声で言い返した。さらにこうつけ加えた。『あなたにそんなことを言う権利はないんだから!』と……。おれはどこまでも、彼女の数勘定に入っていない『その他大勢』の人間にすぎなかった。つぎの瞬間だった。気がついたら、持ってきたラジカセを京子の頭の上に思いきり振りおろしていた」

早苗が片手で自分の口をふさいだ。

「去年、諏訪の小学生を殺したときと同じだった。怒りが沸騰すると頭が真っ白になって、自分がコントロールできなくなるんだ」

護堂のその言葉に、早苗は恐怖で冷たくなった。

「頭に打撃を加えられた京子は、ふらつきながら、いったん立ち上がろうとした。だが、すぐに意識を失って、そばで燃えていた石油ストーブを巻き込む形であおむけに倒れた。部屋の片隅に寝かされていた赤ん坊が——おまえのことだ——激しく泣き出した。その直後、畳にこぼれだした石油に火がついた。あっというまに京子は炎に包まれた。おれは気が動転して何もできなかった。自分が引き起こした状況のすさまじさに、パニック状態になった。そして逃げ出した。ダンダンダンと足音を鳴らしてアパートの外階段を駆け下りたのは覚えている。おれの右手は、京子を殴りつけたラジカセを握りしめたままだった……」

そのあとの護堂の言葉は、早苗の耳には遠くから響いてくる録音テープのようなものだった。

護堂がひとりで先に逃げたため、高嶋は炎に巻かれた京子をなんとか救い出すか、その奥に寝ている赤ん坊を助け出すか、どちらかを選択しなければならなかった。しかし現実的には二者択一ではなく、助けられるチャンスがあるのは赤ん坊のほうだけだった。

それが憎い千石の遺伝子を受けた生命であろうと、高嶋はそうするしかなかった。しかし、泣きじゃくる赤ん坊をおくるみごと抱いて部屋の外に出ても、高嶋は開け放たれたままのドア越しに、炎が室内で加速度的に大きくなっていくのを愕然として見つめていた。倒れている京子の姿は、すでに炎のカーテンで見えなくなっていた。

火勢が増していくにつれ、高嶋はその熱気に押され、生後三週間の早苗を抱いたまま、外階段を一歩また一歩と少しずつ下がっていくよりなかった。護堂のように一気に階段を駆け下りて逃げ出すようなことはできなかった。それでも、とうとう高嶋は鉄製の外階段のいちばん下までおりた。

そのうちに誰かが「火事だ」と叫んだ。燃え上がる木材がバチバチと激しい音を立てはじめ、アパートのほかの部屋のドアもつぎつぎと開いて、人が飛び出してきた。誰もがパニック状態で、赤ん坊を抱いた高嶋の存在に目を向ける者はいなかった。みんながみんな、アパートの一角があっというまに炎に包まれていくのを呆然《ぼうぜん》と見つめていた。

しかし高嶋は我に返った。もはや意味がない行動だとわかっていても、京子の部屋にとって返さなければ気が済まなかった。火事騒ぎで飛び出してきた近所の老婆に赤ん坊を押しつけると、高嶋は階段をまた二階に向かって駆け上がった。

だが——

もはや途中の踊り場のところまでも近づけない熱気で、高嶋はむなしく押し返されるよりなかった。そして京子を失った高嶋に、赤ん坊のことを思い出す余裕はなかった。

「その夜、同じようにパニック状態に陥ったおれに対し……」

早苗の耳に、護堂の言葉が遠くなったり近くなったりしながら聞こえていた。

「高嶋は『おまえが悪いんじゃない。護堂がいてくれなかったら、おれが別の形で京子を殺していたと思う。これはおれと京子の問題だ。そして千石との問題だ。おまえは罪を背負うな。おまえは何も知らなかった、アパートにも行かなかったことにしろ』と言ってくれた。彼はこうも言った。『皮肉なもんだ。京子が死んで、千石の遺伝子のほうが助かるなんて』と……。そして高嶋は姿をくらました。消えていた三日間のうちに、高嶋は死ぬことを決めたんだと思う。ただし、ひとりでではない。千石を道連れにして、だ。その最後の瞬間まで、高嶋はおれをかばってくれていた。京子をラジカセで殴ったおれの罪を、あいつは自分でかぶってくれたんだ」

護堂は、また涙を流しはじめていた。

「早苗、断っておくが、中学生のときに身寄りがなくなってしまったおまえの後見人になったのは、べつに京子への想いを引きずっているからではない。京子に対する罪の償いと、おまえを火の中から救い出し、そして卑怯《ひきょう》なおれを最後までかばってくれた高嶋への償いを込めてのことなんだ。だから、おまえと接しているときだけ、おれはきれいな心になれた。こんなことを言っても信じてもらえないだろうが、心の片隅にロリコンという歪んだ部分を抱え、感情が激すると前後の見境がつかなくなるおれでも、おまえに対するときは、いつもその後ろに高嶋の姿を見ていた。直接おまえとは血のつながっていない高嶋真彦の姿をな。

おまえはたしかに千石健志郎の娘だ。けれども、そうやっておまえがメガネをはずし、千石の面影を明らかにしても、おれにとっておまえは、京子と高嶋のあいだに生まれた娘なのだ。そして、おれはおまえのために尽くしてきた人生を、決して後悔はしない」

「もうやめて！」

早苗は叫んだ。

「私の生きている意味がどこにあるのかわからなくなるようなことは言わないで！」

「とにかく……」

護堂は、いつのまにか千石健志郎の記者会見を終えたテレビ画面に目を向けながら、力なくつぶやいた。

「とにかく、こういう日がいつかくるんだろうと思っていた」

護堂は右手をソファのクッションの隙間に差し込むと、そこから包丁を取り出した。

早苗は動けなかった。殺されるのか、それとも護堂は自殺をするつもりなのか、その両方なのかわからなかった。だが、たぶん十秒後にはその結論が出ている。しかし早苗は動けなかった。

もうダメだ、と思った瞬間、後ろで声がした。

「そこまでにしておきましょうか、護堂さん」

ふたりは驚いて、声のしたほうに目を向けた。春日敏雄が、部屋の敷居のところから姿を現した。彼は土足のまま上がり込んでいた。三十年前の、右足に大きな傷痕が残る革靴を履いたまま……。

「こういうときに古い木造家屋は便利ですな。どこからでも入ってこられる」

春日は言った。

「護堂さん、あなたの話は途中からしっかり聞かせてもらいました。なにか予感がしたものですから、千石さんの会見は、すぐそこのカフェで見ていたんですよ。ちなみに私は引退したとはいえ、柔道、剣道、空手、それに合気道の有段者です。あまり無駄な抵抗は考えられないほうがよろしい」

近所のコンビニで買ってきた手錠代わりの荷造りロープを示しながら、春日はゆっくりと護堂のほうへ近づき、そして相手の手から包丁をはたき落とした。

「それにしても、『面影荘』とはよく言ったものですな、護堂さん。なんという意味深な名前のアパートだったのか」

　春日自身にとっても思わぬ形で、三十年越しのコールドケースに決着がついた瞬間だった。

4

「三十年前の担当刑事だった春日氏が捕らえたのは千石健志郎ではなく、当時ほとんどノーマークだった護堂修一だった。黛京子が焼死した直接の原因を作ったのは、のちに彼女の遺児の後見人となった護堂だったんだ」

　一週間後——

　向井明は、かつてアパート「面影荘」が建っていた都電荒川線の面影橋駅近くに長谷川美枝子とたたずんでいた。すぐそばには、深い堀の形をとった神田川が流れている。

「千石氏はあの会見で、これまでの人生をすべて擲《なげう》つつもりで、何もかも正直に話した。……いや、話したつもりだった」

　面影荘の跡地を背に、美枝子と並んで面影橋のほうへ歩き出しながら、向井は語った。

「ところが、本人も知らない数々の重大な真実が背景に隠されていた。親友の高嶋は京子と身体の関係がじつはなかったという驚愕の真実、彼女を焼死に至らしめたのは高嶋ではなく護堂の一撃だったという意外な真実、さらにはその護堂が透視捜査官・千石健志郎最大の奇跡を演出していたという屈辱的な真実だ。千石氏のショックは大きかった」

面影橋のところまで歩いてきた向井は、その欄干にもたれかかって話をつづけた。

「警察の要請で行なわれたDNA鑑定で、千石氏と黛早苗さんとの親子関係が正式に証明されたけれど、千石氏にとって、それはとっくに織り込み済みの結果で、それよりも三十年前の出来事の真相がまったく自分の認識と違っていたことに、彼は激しく打ちのめされている。とくに高嶋真彦という親友に対して、自分がいかに卑怯者で嘘つきであるかが最初からバレていたのを知り、自己嫌悪のどん底に落ちてしまった。黛京子の焼死にしても、千石氏の行動に憤りを感じていた護堂の暴走というところからすれば、それも千石氏が大きな責任を負うべき出来事だったし、そんな背景も知らずに、正体不明の手紙をうまく利用したつもりで、得意げに透視捜査官・千石健志郎としてコールドケースに取り組んでいたのだからね。自分を責めて責めて責めまくっているよ。これもすべては、インチキ超能力で人をあざむこうとした天罰だと、千石氏は言っている」

「で、娘のほうはどうなの?」

美枝子も向井と並んで欄干に手をかけた。

「早苗さんは、自分という人間の存在意義について深い苦悩に陥った。実の父がレイプ同然に性欲を満たすようなことをしなければ、黛京子という女子学生は死なずに済んだのは間違いない。つまり、自分の誕生が母親を死に導いてしまったと彼女は考えている」

「かわいそう……」

「それでも早苗さんが、なんとかこのショックから立ち直って前向きに生きようともがいているのは、自分を産んでくれた母に報いなければならないという思いがあるからなんだ。三十歳まで生きているいまの自分よりも、ずっと短い人生しか経験できずに死んでしまった母のために、どんなに暗い絶望感に包まれても自暴自棄になってはいけない、まして死んだりしてはいけない、と必死に自分に言い聞かせている。

なによりも早苗さんが母の愛情を強く感じているのは、許し難い暴行を犯した男によって芽生えた生命を、決して摘み取らずに育てようと強い決意を持ったところなんだ。そして、お腹に芽生えた生命のためには真の父親の愛が必要だと感じて、高嶋にその役を頼み込んだことにも胸を打たれている。しかしその思いは、男である高嶋や護堂にはとうてい理解しきれないレベルのものだった。そして、面影荘の悲劇が起きた」

橋の欄干にもたれながら、向井は面影荘の跡地をふり返った。

「それを思うと母が哀れで、と早苗さんは泣き伏したよ」

「でも、思いきり泣いたぶん、彼女は強く生きていけるよね」

「そう思う。早苗さんは絶対にこの苦しみを乗り越えていける」

向井は断言した。

「早苗さんには母親が……というよりも、黛京子という二十一歳の女子学生が守護神のようについていてくれている。その神に護られて、いつかきっと彼女は幸せをつかむだろうと思うよ。そういう神の力なら、ぼくは信じてもいい」

「そうだね」

「ところで、美枝子」

向井が美枝子の横顔に目を向けた。

「今回の事件をどうするんだ。やっぱり本に書くつもりなのか」

向井の問いに、美枝子は黙って首を横に振った。

「書かないのか？　でも、書かなきゃ困るんだろ」

「いいの。書かなくても」

「だけど、ハワイのマンションのローンは」

「売ることにしたからだいじょうぶ」

「売る？　せっかく買ったのに手放すのか」

「うん」

美枝子は、欄干越しに神田川の流れに目をやったまま軽くうなずいた。

「いろいろ考えたんだけど、明がきてくれないハワイなんて、意味ないから」

「はあ～」

「また、それ？」

美枝子は顔を上げ、口をとがらせて有能な若手弁護士を睨みつけた。

「私、明のその『はあ～』っていう無気力な相づちが好きじゃないんだけど」

「無気力じゃないよ」

向井は真顔で言い返した。

「感動のため息さ」

向井は、美枝子の肩を抱き寄せた。そして、いまはまだ蕾《つぼみ》もつけていない川沿いの木々を指して言った。

「三月の終わりになったら、面影橋から下流の神田川沿いは満開の桜で埋め尽くされるそうだ。それはそれは見事なものだと、元刑事の春日さんも言っていた。春日さんはね、その時期になったら、早苗さんをここにつれてくるつもりだと言ってた」

「母親が眺めていたはずの桜並木を見せに？」

「うん。悲劇の最期を遂げた黛京子だったけれど、彼女にも間違いなく輝いていた青春があった。早苗さんと同じように、黛京子も東京の大学に入学が決まって、奈良から上京してきた。そして初めて過ごす東京の春を、この満開の桜を眺めながら希望に満ちた思いで迎えたことだろう。その希望の桜を早苗さんも眺めれば、きっとこの場所に、また何度でも帰ってこられると思うんだよね」

「すてきな計画だと思うわ」

「それで、どうかな。ぼくたちも桜の季節になったら、またここにくるというのは」

「もちろん、賛成」

美枝子は向井に抱き寄せられたまま、笑顔を浮かべた。

「そのときは、私がお花見弁当を持ってくるね」

「え？　美枝子が弁当を作ってくれるの」

目を丸くして驚く向井に、美枝子はあっさりと言った。

「作るわけないじゃん。あそこにコンビニがあるから、きっと桜の季節になれば、いろいろ美味しそうなお花見弁当が並ぶと思うよ。その中で、いちばん高いのを買ってきてあげるから」

「美枝子らしいよ」

向井は、あきれ顔で年上の恋人を見た。

「でも、まあ、それが長谷川美枝子だよな」

「そうだよ。それが長谷川美枝子だよ。キャラに合わないことは絶対にやらない」

キッパリと言って、美枝子は向井と手をつないだ。

集英社文庫

コールドケース

2009年4月25日　第1刷　　定価はカバーに表示してあります。

著　者　吉村達也《よしむらたつや》

発行者　加藤　潤

発行所　株式会社　集英社
東京都千代田区一ツ橋2-5-10　〒101-8050
電話　03-3230-6095（編集）
03-3230-6393（販売）
03-3230-6080（読者係）

印　刷　大日本印刷株式会社

製　本　大日本印刷株式会社

フォーマットデザイン　アリヤマデザインストア　　マークデザイン　居山浩二


ISBN978-4-08-746428-3 C0193